おもろさうし

Omoro Soshi

島村幸一

コレクション日本歌人選056
Collected Works of Japanese Poets

笠間書院

『おもろさうし』

目次

凡例

・上段に『おもろさうし』の本文を尚家本（外間守善・波照間永吉『定本　おもろさうし』角川書店、二〇〇二年刊所収の影印を利用）によって記している。尚家本には一部欠落や不備があるが、その部分は〈〉を付けて重複するオモロや仲吉本（仲原善忠・外間守善『校本　おもろさうし』角川書店、一九六五年刊所収の影印を利用）によって補っている。改行については、解釈の便宜を優先し尚家本に従っていない。なお、本文は読者の便宜を考えて、外間守善『おもろさうし』岩波文庫、二〇〇〇年刊を参考にして漢字を当てて記したが、私意により一部を改めている。歌番号は、通し番号である。

・下段には、現代語訳（大意）を記した。オモロ（『おもろさうし』に記されるウタ）は、主に対語・対句によって展開する連続部と、「一」と「又」の印によって示される各節に繰り返される反復部からなる。反復部と想定した現代語訳（大意）は〔〕を付けて示した。この詞章が、各節に繰り返される。ただし、オモロの記載は繰り返される詞章を省略する傾向を持つ。この省略された詞章は反復部に相当するものが多いが、詞章の省略は連続部にもある。したがって、二つのパートの区分はなお検討の余地がある。

・語注は、近世期のある時期からオモロを謡い、管理していた安仁屋家に伝えられた安仁屋本系の『おもろさうし』仲吉本に付く、主に語注を中心とした「聞書」（いわゆる「原注」）と、女官言葉とオモロ語の古辞書である『混効験集』に記された注を示しながら、対語・対句の用例や外の歌謡類の用例を参考にして付けた。なお、『混効験集』については池宮正治『琉球古語辞典　混効験集の研究』第一書房、一九九五年刊を利用した。

・その外、語注を付けるにあたって本文中で多く用いたのは、国立国語研究所『沖縄語辞典』大蔵省造幣局、一九七五年刊である。これを略称で「方言」とし、引用に際しては読者への便宜を考えて辞典の音韻記号は片仮名で記した。ただし、片仮名表記で記したために琉球語（方言）特有の喉頭音等の表記は正確に記せていない。

・本文や注に引用した主な辞典、資料類は略称によって記している。以下が、それである。

『辞典』（仲原善忠・外間守善『おもろさうし　辞典・総索引』第二版、角川書店、一九七八年刊）、『岩波古語辞典』（大野晋・佐竹昭広・前田金五郎『岩波古語辞典』補訂版、岩波書店、一九九〇年刊）、『地名大辞典』（角川地名大辞典編纂委員会『角川地名大辞典　沖縄県』角川書店、一九八六年刊）、『地名大系』（平凡社地方資料センター『日本歴史地名大系　沖縄県の地名』平凡社、二〇〇二年刊）、『歌謡大成　沖縄篇上』（玉城政美・外間守善『南島歌謡大成Ⅰ　沖縄篇上』角川書店、一九八〇年刊）、『歌謡大成　沖縄篇下』（比嘉実・仲程昌徳・外間守善『南島歌謡大成Ⅱ　沖縄篇下』角川書店、一九八〇年刊）、『歌謡大成　宮古篇』（新里幸昭・外間守善『南島歌謡大成Ⅲ　宮古篇』角川書店、一九七八年刊）、『歌謡大成　八重山篇』（宮良安彦・外間守善『南島歌謡大成Ⅳ　八重山篇』角川書店、一九七九年刊）、『歌謡大成　奄美篇』（田畑英勝・亀井勝信『南島歌謡大成Ⅴ　奄美篇』角川書店、一九七九年刊）、『球陽』（球陽研究会『球陽』角川書店、一九八二年刊）、『由来記』（外間守善・波照間永吉『定本　琉球国由来記』角川書店、一九九七年刊）、『神道大系』（小島瓔禮『神道大系　沖縄』神道大系編纂会、一九八二年刊）、『金石文』（沖縄県教育庁文化課『金石文―歴史資料調査報告Ⅴ―』沖縄県教育委員会、一九八五年刊）。

・なお、拙論とするものは、特に断りがない限り、拙著『『おもろさうし』と琉球文学』笠間書院、二〇一〇年刊に所収した論文をさす。

おもろさうし

〔01〕〈「押《お》し遣《や》たる精軍《せいくさ》」―首里王府の八重山侵略―〉

第一―三五（重複、第十一―五六一・第二十一―一四一三）

おらそいおもろのふし
一聞得大君《きこゑ〈ぎ〉み》ぎや　押《お》し遣《や》たる精軍《せいくさ》
按司襲《あんじおそ》いしよ　世添《そ》ゑれ
又鳴響《とよ》む精高子《せだかこ》が　押《お》し遣《や》たる精軍《せいくさ》
又あはれ愛《かな》し君南風《きみはゑ》
島討《しまう》ち　為《し》ちへす　戻《もど》りよれ
又あはれ愛《かな》し君南風《きみはゑ》
国討《くにう》ち　為《し》ちへす　戻《もど》りよれ
又もりやへ子達《こた》　大国《ぢやくに》　為《し》ちへ
島討《しまう》ち　為《し》ちへす　戻《もど》りよれ
又大ころ達《た》　大国《ぢやくに》　為《し》ちへ

一聞得大君が遣わした霊力ある軍勢は
〔国王こそ世を豊かにするのだ〕
又名高い精高子が遣わした霊力ある軍勢は
又なんとすばらしい君南風
島討ちしてぞ戻るのだ
又なんとすばらしい君南風
国討ちしてぞ戻るのだ
又もりやえ子達（武将達）は大国の兵で
島討ちしてぞ戻るのだ
又大ころ達（武将達）は大国の兵で

国討《くにう》ち　為《し》ちへす　戻《もど》りよわれ
又良底《ゑそこ》数《かず》　ころ達《た》よ
島討《しまう》ち　為《し》ちへす　戻《もど》りよわれ
又み御《お》船数《うねかず》　ころ達《た》よ
合《あ》おてす　戻《もど》りよれ
又おぼつぎやめ　鳴響《とよ》で
合《あ》おてす　戻《もど》りよれ

国討ちしてぞ戻られるのだ
又良底（船の美称語）ごとのころ達（兵達）よ
島討ちしてぞ戻られるのだ
又み御船ごとのころ達（兵達）よ
戦ってぞ戻るのだ
又おぼつまで鳴り轟いて
戦ってぞ戻るのだ

【鑑賞】琉球国の最高神女、聞得大君が君南風を航海の守護神にして王国の軍勢を派遣し、八重山を征服することを謡うオモロである。これによって、尚真王の治める世が盛んになると謡っている。高級神女（君々）のオモロは、ヲナリ神である君々が国王の守護を謡うことを第一のテーマにするが、このオモロにはよくそれが窺える。

オモロは、歴史を謡《うた》った史歌《しか》的性格を持つ。第一と第三はともに聞得《きこえ》大君《おおぎみ》のオモロであるが、第一（一五三一年の編纂《へんさん》）には『中山《ちゆうざん》世譜《せいふ》』『球陽』等の正史《せいし》に一五〇〇年に起きた事件と記される尚真《しようしん》王による八重山侵略を謡ったオモロ、第三（一六二三年の編纂）では尚寧《しょうねい》王の治世下で蒙《こうむ》った一六〇九年の島津《しまづ》による琉球《りゅうきゅう》侵略を呪《じゅ》詛《そ》するオモロが謡われている（〔03〕参照）[*1]。本歌には「八重山島《やへまじま》」等の語が見えないが、少なくとも第一—三三から三六までの四首は、連続して八重山侵略を謡った一連のオモロである。第一—三三から本歌までは聞得大君が冒頭に謡われ、大君の側から「八重山征伐」の戦勝を祈るオモロ、三六は国王の側から戦勝を願うオモロになっている。聞得大君が冒頭に謡われる最後に位置する本歌は、聞得大君とともに久米島《くめじま》の最高神女《しんにょ》、君南風《きみはえ》が謡われている[*2]。これは、『君南風由来并位階且公事』（『神道大系』）等に記されている記事と関連する。記事は君南風が王府《おうふ》の軍のさきがけになり、知略《ちりゃく》をめぐらして八重山上陸を果たし「八重山征伐」を成功裏《り》に導いたという故事《こじ》である。本歌が第十一—五六一・第二十一—一四一三と重《ちょう》複《ふく》しているのはそのためで、〔20〕で扱った君南風の久米島渡来を謡ったオモロとともに、君南風賞賛のウタとして久米島においても本歌が謡われたと想像される。

「聞得大君《きこゑぎみ》」は、琉球の最高神女。初代は第二尚氏《しょうし》の始祖尚円《しょうえん》の

*1　第一と第三に収められている二つの歴史的事件を視点にすれば、両巻の聞得大君のオモロにはそれぞれの時代層ともいうべき問題が想定できる。なお、王府の「奄美大島征伐」関連のオモロは第十三に散見されるが、第一—四にもある。したがって、第一は「八重山征伐」と「奄美大島征伐」のオモロが、尚真王、尚清王の事蹟《じせき》として入っていることになる。

*2　久米島の最高神女、〈きみはゑ〉は慣用的に君南風が当てられ、それに従ったが、〈君はゑ〉の〈はゑ〉は第二十一—一四六〇他〈おぎやか按司はゑ〉の〈はゑ〉と同義であり、〈映え〉（調和して鮮やかに見える、いっそう盛んになる）が〈君〉に下接した美称語だと考えられる。なお、〈きみはゑ〉は久米島の神女ばかりではなく徳之島「西間切手々村」にも同名の神女、「きんはい」がいることが確認される（玉木順彦「「申ノ年手々村神方居方究帳」について」『浦

「御姫」「音智殿茂金《おとちとのもいかね》」で、国王尚真の妹である。「鳴響《とよ》む精高子《せだかこ》」はその対句《ついく》。〈聞《きこ》ゑ／鳴響《とよ》む〉は、国王や神女、地名等を美称《びしょう》する対語《ついご》で、他の神歌《かみうた》にはほとんど用例をみないオモロにでる特徴的な対語である。*3「精軍《せいくさ》」は「聞書」に「勢軍」等とある。「せいいくさ」「せくさ」「せこさ」の表記もある。「せい」「せ」「するゑ」「すへ」は、霊力《れいりよく》を意味する語である。「軍《いくさ》」は兵隊、軍勢《ぐんぜい》をいう。「押し遣《おや》たる」の用例は、実質、本例のみだが、意味が近い語に〈押《お》し発《た》つ〉がある。第一―一七他に「精軍《せいくさ》　押《お》し発《た》てば／精百《せひやく》　押《お》し発《た》てば」とあり、王府が軍勢をさしむける表現である。「按司襲《あんじおそ》いしよ　世　添《そ》ゑれ」が各節に繰り返される反復部である。本歌の「按司襲い《あんじおそ》」は、八重山に「軍《いくさ》」を差し向けた尚真王である。「しよ」は係助詞《かかりじよし》、「添《そ》ゑれ」は〈添ゑる〉（下一段化している）の已然形《いぜんけい》で結びになっていると考えられる。*4〈添ゑる〉は『辞典』では「支配する」としているが、「方言」は「スィーユン　添える。増し加える」意。すなわち、「按司襲《あんじおそ》いしよ　世　添《そ》ゑれ」は、国王こそが「世」（方言「ユー①収穫。実り。②豊年」『石垣方言辞典』*5）を増し加え豊かにすることを

添市立図書館紀要』第五号、一九九三年刊）。

*3 〈聞《きこ》ゑ〉はオモロに集中してでる語で、「聞《きこ》ゑ」「聞《きこ》へ」の美称語の用例がほとんどであり、動詞としての活用例は僅かである。一方、〈鳴響《とよ》む〉は第二十一―一五〇三他「みの皮《かわ》打《う》ちちゑ　鳴響《とよ》み」（みの皮〈鼓の美称語〉を打って鳴り轟《とどろ》き）があるように鼓《つづみ》や拍子が轟くことを原義とする語で、終止形を除いた全ての活用形、接続形、過去形等の用例が多数みられる。また、他の神歌にも用例がある語である。すなわち、〈鳴響《とよ》む〉は在地性のある語だと推測される一方、〈聞《きこ》ゑ〉は外部（大和）から取り入れた語だと考えられる。〈聞得大《きこえ》君《ぎみ》〉という語が、王国の最高神女を意味する固有名詞であるのは、〈聞《きこ》ゑ〉が外部から取り入れた新たな語であるからだと考えられる（拙論「オモロのことば」『国文学』第三十四巻一号、学燈社、一九八九年刊）。

いう。「あはれ愛《かな》し君南風《きみはゑ》」の用例は実質本例のみだが、『君南風由来并位階且公事』に記される君南風の「八重山征伐」を謡った「くわいにや」(神歌)には各節にこれが繰り返され、君南風を称《たた》える重要なフレーズになっている。*6「あはれ」は古語「あはれ」と通ずる語で、「聞書」に「余能也」(たいへん良い意)、「天晴男と云事なり」(「あはれまへ男《ゑくが》」の「聞書」)とある。八重山方言等には「アッパリシャーン 美しい。きれいである」(『石垣方言辞典』)がある。「島討《しまう》ち」には「軍をして嶋をうつ事也」という「聞書」がある。島を軍事的に支配する意。「国討《くにう》ち」は、その対語。第十三―九二七に「島討《しまう》ち為《し》ちへ 按司襲《あぢおそ》いに みおやせ」(「みおやせ」は奉《たてまつ》れという意)があるが、これは「奄美大島征伐」を謡ったオモロの可能性がある。「為《し》ちへす 戻《もど》りよれ」は、係助詞「す」の係り結び表現になっている。「もりやへ子達《こた》」は「人名也」という「聞書」があるが、特定の人を指す語ではない。『辞典』は「もりや(あ)う」を「群れ合う」としているが、用例には複数人をいう「達《た》」が付かない第十六―一一七一「もりやい子《こ》」(第十六―一一七二)がある。他に「もりあい

*4 「添《そ》ゑれ」は、重複の第十一―五六一は尚家本では「揃《そろ》いれ」になっている。なお、第六節・第七節は「戻《もど》りよわれ」(「よわる」は「おわる」が変化した語で、尊敬の補助動詞)で敬語表現になっているが、重複の第二十一―一四一三はすべて「戻《もど》りよれ」であり敬語表現になっていない。第六節・第七節が特に敬語表現になるのは不自然であり一四一三の方が、理解しやすい。

*5 宮城信勇『石垣方言辞典』沖縄タイムス社、二〇〇三年刊。

*6 〔08〕でふれたように、久米島にかかわるオモロは「旧記」世界と繋がりをもつ側面がある。

たゝみ子《きよ》」（第九―五〇四）、「もりあい君《きみ》」（第九―五〇五）があり、「もりあい」は盛んである、勝《すぐ》れるを意味する語であろう。具体的には、武将・高官達を指している語。[*7]「大ころ達《た》」は対句で、『混効《こんこう》験集《けんしゅう》』に「男の事か」とあり、「聞書」に「大男也」「男也」等とある。「良底《ゑそこ》」は、「聞書」等に「舟也」「舟の異名也」等とある。「良《ゑ》」は「善《ゑ》し」の語幹《ごかん》。「み御船《おうね》」は、「御船《おうね》」「ウーニ　お船。船（フニ）の敬語」（「方言」）にさらに接頭辞《せっとうじ》「み」が付いた語。「八重山征伐」に派遣した特別な船を意味していよう。「ころ達《た》」の「ころ」は、「男也」「百姓男之通称《しょう》也フムル也」等と「聞書」にある。「ころ達《た》」は、「もりやへ子《こ》達《た》／大ころ達《た》」より身分の低い者達で、本歌では兵士達を意味する語である。「合《あ》おて」は、「戦って。今の方言では、「オーユン」という」（『辞典』）語。古語〈会ふ〉に通ずる語で、ウ音便《おんびん》化している。「おぼつ」は、「聞書」に「空也」とある語で、首里城《しゅりじょう》内の聖地〈けおの内〉に繋がった想念世界である。「おぼつぎやめ　鳴響《とよ》で」とは、戦勝の祈願が高級神女《こうきゅうしんによ》、君々が祈る世界に届いて、「八重山征服」を成功に導くことを謡っている。

*7 〈もりやへ子／大ころ〉の対句は、村長的な人物をいう語として伊平屋の神歌「ミセセル」（『歌謡大成　沖縄篇上』）にもでる。

参考文献

拙論「「地方」で謡われたオモロ、久米島オモロの特殊性」。

〔02〕〈「東方《あがるい》に向《む》かて　板門《いちゃぢゃ》　建《た》て直《なお》ちへ」―東方に門を開くグスク―〉

第二―四二

おもろくさりおろちへがふし
一聞《きこ》ゑ中城《ぐすく》
東方《あがるい》に　向《む》かて
板門《いちゃぢゃ》　建《た》て直《なお》ちへ
大国《だくに》　襲《おそ》う　中城《ぐすく》
又鳴響《とよ》む中城《ぐすく》
てだが穴《あな》に　向《む》かて

一名高い中城グスク（城）は
東方に向かって
〈板門を建て直して
大国を支配する中城〉
又轟く中城グスク（城）は
太陽の穴に向かって

【鑑賞】名高い中城のグスク（城）は東に向かって城門を開けている勝れた城で、この地域を支配していると謡うオモロである。大型グスクは城塞であると同時に、聖域・拝所を抱えた宗教施設でもある。アーチ形の門は人の出入りするゲートでもあり、東から昇る太陽の光を入れる門（「てだが穴《あな》」）でもある。

「中城《ぐすく》」は沖縄本島中部、現在の中城村《なかぐすくそん》に位置し、中城湾を見下ろす標高百メートル余りの石灰岩台地に立つ中城グスクのこと。

『おもろさうし』では、単に「ぐすく」といえば国王がいる首里グスクをいう（〔12〕参照）。[*1] 他のグスクは、大型グスクであっても本歌のように中城グスクとは謡わない（〔18〕参照）。中城グスクは、「忠臣」護佐丸《ごさまる》の居城で、美しい曲線の石垣を持つ大型グスクである。第二は地方オモロに分類される中城間切《なかぐすくまぎり》、越来《ごえく》間切（間切は、琉球王府の行政区画をいう語）を謡った「中城越来のおもろ」である。本歌は第二の冒頭に位置し、本歌から七〇までが中城のオモロ、七一から巻の最後八七までが越来のオモロである。第二には、中城オモロと越来オモロの間に「点数《てんかず》廿七」の記載がある。これは中城のオモロが二十七首あるという意味であるが、実際には中城オモロは二十九首であり数が合わないが、『おもろさうし』はオモロの数え方を「一点」、「二点」と数えていたことが分かる。[*2]

「東方《あがるい》」は、東方。『混効験集《こんこうけんしゅう》』は「てたがあな」とともに「東の事也」と記している。「聞書」は「東を差ていふ」とある。「方言」「アガイ」は「東方《あがるい》」から変化した語。太陽が上がる方というのが、語源である。ただ、「東方《あがるい》」の「い」は助詞「へ」に繋がるだろう

＊1　池宮正治「地方おもろの政治文化圏とぐすく」（『特別展　グスク』沖縄県立博物館、一九八五年刊）。

＊2　「点」の記載は、他に第八に「おもろ音揚《ねや》がり」と「阿嘉《あか》のおゑつき」のオモロの間、第十五に浦添《うらそえ》と北谷《ちゃたん》のオモロの間、同じく北谷と読谷《よみたん》のオモロの間、同じく読谷のオモロの最後にある。第八、第十五に記される「点」の数は正確であり、第二の記載だけが数が違う。編者の数え違いでないとすれば、中城のオモロには二首、オモロ歌唱者のオモロ（五〇・六四）がある。これを、後から付け加えたために数の違いが生じたとも想像される。

が、『混効験集の研究』はこれが名詞的に使われていると記している。「てだが穴」は、その対語で文字通り太陽が出る穴の意。常に「東方《あがるい》」との対語ででる。「板門《いちやぢやや》」は、「聞書」に「いた門之事」等とある。門は「方言」で「ジョー　ヤージョー（屋根のある門）、キージョー（木造りの門）、イシジョー（石造り門）などがある」。「建《た》て直《なお》ちへ」は、文字通り（修理して）建て直す意であろうが、「方言」の〈直す〉「ノーシュン」には相応《ふさわ》しい状態にする意もある。*3「東方《あがるい》に　向《む》かて　板門《いちやぢやや》　建《た》て直《なお》ちへ」は、グスクの板門が東方に向いて相応しい状態に開いている意である。実際、中城グスクの一の郭《くるわ》と二の郭を繋ぐ門、一の郭の西側にある拝所へ繋がる門、そして正殿もほぼ東北東に向いている。*4　第十六―一一三三にも、「一勝連《かつれん》わてだ　向《む》かて　門《ぢやう》　開《あ》けて」とある。*5　自然石をくりぬいて造った玉城グスクの門の向きが、夏至《げし》の日の出の方向に一致することは知られているが、『玉城城跡整備実施計画報告書』（二〇〇五年刊）には、糸数《いとかず》グスク、知念《ちねん》グスク、中城グスクの城門、座喜味《ざきみ》グスク建物跡の向きが夏至の日の出に一致することを指摘しているという。*6　それ

*3　「方言」「ノータル　然るべき。相応の。ふさわしい。似つかわしい」の「ノー」は〈直す〉、〈直る〉の語幹であろう。

*4　児玉幸多他監修『北海道・沖縄の城郭』新人物往来社、一九八〇年刊。

*5　田村晃一「文化財レポート　沖縄勝連城跡の調査」『日本歴史』第二六九号、一九七〇年刊では、「本丸の城門がアーチ式の門であったことはまちがいない」、「城門は主軸と同一方向の東南を向いている」と記している。

*6　上里隆史「グスクの穴と方角の

は、東から昇《のぼ》る太陽の霊的な力をグスクに取り入れ、それによってグスクの霊的力、ひいては城主の力を高めることになるという考え方があると思われる。グスクの「門《ぢやう》」は、アーチ式になっているものが多いが、グスクの内側から見れば、「門《ぢやう》」は正しく太陽が昇る「てだが穴《あな》」である。グスクにある一部の「門《ぢやう》」は、太陽が昇る穴として造られていると思われる。「大国《だくに》　襲《おそ》う　中城《ぐすく》」と称えるのもグスクの門が東方に開いて建てられているからで、それ故に「大国《だくに》」を支配する霊的力に満ちたグスクだというのである。『辞典』は、「大国《だくに》」について「自らの国に対する尊称」としている。第十二―七二一に「又大国《だくに》　有《あ》るぎやめも　精百《せひやく》　寄《よ》せるまじ」(大国がある限り勢いのある兵隊を寄せ付けない。「大国《だくに》」の対語は「大島《だしま》」)があり、自らの地域(クニ)の美称《びしよう》として「大国《だくに》」があることが分かる。「大国《だくに》」は〈ダイクニ〉の〈イ〉が脱落《だつらく》した表記である。a母音《ぼいん》の後のi母音、u母音は脱落する傾向がある。*7

思想」『琉球新報』二〇一〇年十二月二日の記事。上里は、さらに安慶田グスク、中城グスク等のグスクの石塁に開けられている穴に注目し、これが銃眼などではなく、方位を意識してあけられた穴だと述べている。

*7　i母音の脱落は「大島《だしま》」もそうだが、「聞書」に「父也」とある「なさ」は、「なさい」の表記もある。なお、『辞典』、岩波文庫本等で「ぢやくに」に〈大国〉を当てるが、「ぢやくに」と「だくに」の用例は、基本的には重ならない。仲宗根政善は〈上国〉が良いとしている(『沖縄文化』第一〇四号、二〇〇九年刊。仲宗根は「大島《だしま》」についても、「だに国」(実国)の可能性を示唆している)。また、久米島のオモロの用例(第二十一―一四八一他)には「大くに」があり、これはオモロの表記から〈大国《おおくに》〉であると考えられる。

〔03〕〈「沖膾《おきなます》　しめて／辺膾《へたなます》　しめて」―島津の琉球侵攻を呪詛する―〉

第三―九三

しより大ぎみがふし
一聞得《きこゑ》大君《ぎみ》ぎや
鳴響《とよ》む精高子《せだかこ》が
按司襲《あんじおそ》いしよ　よしれ
又島討《しまうゑ》ち吉日《か》　取《と》りよわちへ
世添《ゆそ》い吉日《ゑか》　取《と》りよわちへ
又精軍《せくさ》せぢ　降《お》ろちへ
百歳《ひやくさ》せぢ　降《お》ろちへ
又げらへ大ころ達《た》
かい撫《な》で真《ま》ころ達《た》
按司襲《あんじおそ》い

一聞得大君が
名高い精高子が
〔国王こそが治めるのだ〕
又島討ちの吉日をお選びなさって
支配する吉日をお選びなさって
又霊力ある軍勢のセヂを降ろして
永遠なるセヂを降ろして
又立派な大ころ達（武将達）
慈しまれた真ころ達（武将達）
〔国王（こそが治めるのだ）〕

又あよが内《うち》や　真《ま》強《ぢよ》く　あれ
肝《きも》強《ちよ》く　真《ま》だに　あれ
又君君《きみ〱》しよ　守《まぶ》れ
主《ぬし》主《ぬし》しよ　守《まぶ》れ
又大和島《やまとしま》いつ子《こ》
前坊主《まへぼじ》のくはら
又あよが内《うち》は　迷《まよ》わちへ
肝《きも》が内《うち》は　迷《まよ》わちへ
又こむ手《て》　結《よ》い倒《たう》ちへ
あたす　結《よ》い倒《たう》ちへ
又沖膾《おきなます》　しめて
辺膾《へたなます》　しめて
又大和島《やまとしま》ぎやめむ

又あよ（心）の内は強くあれ
心は強く実にあれ
又君々こそが守るのだ
主々こそが守るのだ
又大和の島の兵士
月代《さかやき》（丁髷）の兵士
又あよ（心）の内を迷わして
心の内を迷わして
又両手を結んで倒して
あたす（不詳）を結んで倒して
又沖の膾にさせて
岸の膾にさせて
又大和の島までも

やしる国《くに》ぎやめむ
又糸《いと》渡《わた》ちへ　掛《か》けわれ
縄《な》渡《わた》ちへ　掛《か》けわれ
(又)首里杜《もり》　適《かな》て
真玉杜《まだまもり》　適《かな》て
又いつ子《こ》　祈《いの》られて
くはら　誇《ほこ》られて
又聞《きこ》得《ゑ》大君《ぎみ》ぎや
照《て》るかはに　知《し》られ、*1

やしるの国までも
又糸を渡して支配なされ
縄を渡して支配なされ
(又)首里杜に調和して
真玉杜に調和して
又(琉球の)兵士を祈られて
(琉球の)兵士を喜ばれて
又聞得大君が
日神に告げられよ

【鑑賞】聞得大君が霊力を発揮して、島津の琉球侵略阻止を謡うオモロである。理想の姿を謡うオモロにあって、呪詛表現を連ねる本歌は特異である。第三以降の巻は島津侵略後に編纂された巻だが、『おもろさうし』には王国が総力をあげて阻止しようとした事蹟として、琉球侵略にかかわる幾首かのオモロが入っている。

死や穢《けが》れの世界を忌避《きひ》し、ひたすら理想的な状態を謡うオモロにあって、島津の琉球侵略（一六〇九年）を謡うオモロ（本歌・第三―九

*1　本歌には、詩型に乱れがあると考えられ、幾つかの点を正した。本文七行目「百歳《ひやくさ》せぢ」の上に「又」

六・九七）は極めて特異なウタである。その特異性は、本歌の第八節「又あよが内《うち》は　迷《まよ》わちへ」から第十節にかけて呪詛《じゆそ》表現が表れることである。呪詛表現は、九六にも「前坊主《まへぼじや》よ　迷《まよ》わちへ／おが衆生《すぎや》よ　汚《ゆご》ちへ」（月代《さかやき》（丁髷）を迷わして／奴らを汚して）、九七にも第十五節から第十八節に「又精軍《せくさ》てゝ　発《た》てば　干瀬《ひせ》と　合《あ》わちへ　突《つ》い退《の》け　又良底《ゑそこ》てゝ　発《た》てば　にるや底《そこ》　突《つ》い退《の》け　又肝《きも》が内《うち》に　思《おも》わば　肝垂《きもた》りよ　しめれ　又あよが内《うち》に　思《おも》わ〈ば〉　大地《だいち》に　落《おと》ちへ　捨《す》てれ」（又霊力ある軍勢だと祝福されて出発すると敵の船は干瀬とぶつかり退く　又勝れた船だと祝福されて出発すると敵の船はニルヤの底に退く　又心の内に願うのであれば敵の心は萎《な》えさせる　又あよ（心）の内に願うのであれば敵は大地に落ちて捨てられる）という激しい呪詛表現がある。呪詛表現は、この外に八重山侵略を謡う第一―三三（第十―五二九・第十三―八七六）にあるだけである。*2 いずれも、王国の歴史的な大事件を謡うオモロである。ただ、琉球侵略のオモロに多く呪詛表現がでるのは、これが王国にとっては深刻な国難《こくなん》であり、呪詛を連ねて王国の大事を克服しようとしたのであろう。それにしても、

があるが、歌形の観点からこれをとった。また、本文二十七行目「首里杜《もり》」の上に「又」がないが、歌形の観点からこれを付けた。なお、本文十行目「按司襲《あんじおそ》い」は、反復部の一部が第四節目に表記された例である。

*2 第一―三三（第十―五二九・第十三―八七六）は、「又八重山島《やえましま》いつ子《こ》　あよ迷《まよ》い　肝迷《きもまよ》い　しめや　又はたら島《しま》くはら　取《と》らちへ　又首里杜《もり》あせは　土《つち》斬《き》りに　斬《き》らせ　又真《ま》玉杜《もり》ちかわは　土斬《みちやき》りに　斬《き》らせ」（又八重山島の兵士をあよ（心）迷いさせ　又はたら島（八重山島の対語）の兵士を心迷い取らせて　又首里杜の兵士は土を斬るように敵を斬らせ　又真玉杜の兵士は土を斬るように敵を斬らせ）という呪詛表現である。なお、オモロ以外の神歌においても呪詛的な表現は多くない。呪詛的な表現がみられるのは、いわゆる虫送りの行事に唱えられる稲の実りの障《しょう》碍《がい》になるネズミや害虫を呪うマジナ

第三の編纂は島津侵攻以降である。再編纂以前の『おもろさうし』は、尚豊王《しょうほうおう》三年の三回目の編纂（一六二三年）を中心としており、実質的な編纂作業は前王の尚寧の時代であったと考えられる。これに琉球侵略を呪詛するオモロを入れるのは、困難であったはずである。しかし、尚寧王は島津侵入時の国王であり、島津に連れられて徳川将軍に謁見《えっけん》する旅をした（させられた）王である。しかも、寧は尚真王や尚清王《しょうせいおう》に対する対抗意識をもっている。これらのことが、同じ聞得大君のオモロである第一に尚真の「八重山征伐」の事蹟《じせき》が入っていることに対抗するかたちで、第三に島津侵略に抵抗するオモロを自らの事蹟として入れたのではないか。島津との戦いを謡ったオモロは第三―一〇三にもあり、第三―一〇〇等の来訪神《らいほうしん》が登場するオモロも、国王（尚永王）に霊的力を付与して島津侵略の動きに対抗するオモロと考えられる。思いの外、第三には島津侵略関連のオモロがちりばめられている。*3

「按司襲《あんじおそ》いしよ　よしれ」が各節に繰り返される反復句である。「按司襲《あんじおそ》い」は、具体的には尚寧王であろう。「よしれ」は〈よし

イゴト（「同所〔たう、比屋定作物ため〕浜おれ之時、ませない言」『久米仲里旧記』所収）にみられる。

*3　島津との戦いを謡ったオモロは、外にオモロ歌唱者（男性）が謡ったと思われる第十―五二五にもある。また、〔11〕でとりあげた島津侵入直前の「万暦三十五（一六〇七）年」に行われた「君手擦《きみてづ》りの百果報事《もゝかほうごと》」で謡われた第十二―七四〇〜七四五も、島津侵略に対抗するための王権強化儀礼で謡われたオモロだと考えられる。オモロは、全体的に美称語・美称辞が発達した歌謡である。これがウタの内容を分かりにくくさせており、島津侵略を呪詛するオモロをしのばせることができたのかもしれない。ただ、それが島津との戦い（敗戦）を叙事したウタとしてあるのではなく、侵略を呪詛するウタとしてあり、自らの歴史を謡ったウタではない。〔01〕でオモロの史歌的性格についてふれたが、正確には戦いの

る〉の已然形で「しよ」(係助詞)の結び。〈よしる〉は世を治るということで、統治する、治める意。「聞得《きこゑ》大君《ぎみ》／鳴響《とよ》む精高子《せだかこ》」は、〔01〕の解説を参照。「島討《しまう》ち吉日《ゑか》 取《と》りよわちへ／世添《ゆそ》い吉日《ゑか》 取《と》りよわちへ」は、軍勢が出立《しゅったつ》する吉日を選ぶことで、敬語表現「よわちへ」(尊敬の補助動詞「おわす」の接続形「おわして」が変化した語)が使われていることから、聞得《きこえ》大君《おおぎみ》がその吉日を選んだことを示している。「世添《ゆそ》い吉日《ゑか》」の「世添《ゆそ》い」は、「世」(豊穣)を増し加え豊かにする意(〔01〕参照)。「精軍《せくさ》せぢ 降《お》ろちへ／百歳《ひやくさ》せぢ 降《お》ろちへ」は、「精軍《せくさ》せぢ／百歳《ひやくさ》せぢ」を君々の霊力の根源である〈おぼつ〉から降ろすことを意味する。「せぢ」は「せじ」の表記はなく、表記は「せぢ」のみ。「方言」は「スィジ 神。または神の霊力。神霊」で、「不可視の霊力。霊的な力」(『辞典』)をいう。[*4]「げらへ大ころ達《た》／かい撫《な》で真《ま》ころ達《た》」は、一般の男を意味する美称語「ころ」(「百姓男之通称《しょう》也フムル也」等の「聞書」がある)に「大」や「真《ま》」が付き、さらにこれに「げらへ」(立派な、見事なの意、「能キ也」「誉ルナリ」の「聞書」がある)、「かい撫《な》で」が付いた語である。一般の男

戦勝予祝《よしゅく》歌が結果として王の事蹟歌になり、史歌的なウタになっているのである。

*4 「せぢ」には様々な「せぢ」がある。戦いに関連する「せぢ」には「軍《いくさ》せぢ」「精軍《せいくさ》せぢ」「精百《せひゃく》せぢ」「島討《しまう》ちせぢ」「国討《くにう》ちせぢ」等がある。

よりも一段と身分が高い男、ここでは武将クラスの人物を示す。「かい撫《な》で」は慈《いつく》しみ育てる意の接頭美称語《せっとうびしょうご》である（〈13〉の注参照）。「あよが内《うち》や　真強《まぢよ》く　あれ／肝《きも》　強《ちよ》く　真《ま》だに　あれ」は、聞得大君側から武将等の心（精神）が強くあれと励ましている言葉である。「あよ」は語義不明だが、『混効験集』や「聞書」に「肝也」等とあり、ほとんどが「肝《きも》」と対句《ついく》になっている語（一例だけ「息」との対句例がある）。「真強《まぢよ》く」は、『混効験集』に「真張（強）」とある。*5「君々《きみ〴〵》しよ　守《まぶ》れ／主々《ぬしぬし》しよ　守《まぶ》れ」は、聞得大君以下の高級神女、君々こそが「大ころ達《た》／真《ま》ころ達《た》」を霊的に守護することを謡っている。「しよ　守《まぶ》れ」は係り結びになっている。「大和島《やまとしま》いつ子《こ》／前《まへ》坊主《ぼじ》のくはら」は、島津の兵士をいった語。「いつ子《こ》」には、「臣下也」という「聞書」が付く。「くはら」は語義不詳だが、多くが「いつ子《こ》」と対語を作る。関連した語に「はら〳〵」「はらら」があり、これに「いくさ也」（軍勢、兵隊の意）という「聞書」が付く。本歌でも、二十九・三十節目に琉球側の「いつ子《こ》／くはら」がでるが、「大ころ達《た》／真《ま》ころ達《た》」よりも下のクラスの者達をいう語であろ

*5　現代方言では、〈ツ〉は〈チ〉に変化して〈ツ〉と〈チ〉の区別をなくしているが、『おもろさうし』では原則としてその区別がある。しかし、例外的に〈強く〉については金石文《きんせきぶん》も含めてその表記は「ちよく」である（『混効験集の研究』）。

う。「前坊主《まへぼじ》」は、「髪の前半を坊主のように剃った野郎頭の薩摩兵」(『辞典』)をいう。*6 琉球の男子の髪型(かたかしら)は、頭の中央部を剃《そ》り前の部分は剃らない。それで月代をした島津の武士に対してこのようないいかたをしたのであろう。*7 第三―九七には、「大和前坊主《やまとまへぼじゃ》/やしる前坊主《まへぼじゃ》」がでる。「あよが内《うち》は　迷《まよ》わちへ/肝《きも》が内《うち》は　迷《まよ》わちへ」は、神女の霊力によって薩摩《さつま》の兵達の心(精神)を攪乱《かくらん》させての意。同じ「あよが内《うち》」でも、前節は琉球の武将達の心(精神)を「あよが内《うち》　真強《まぢよ》く　あれ」と鼓舞《こぶ》し、本節では薩摩の兵の「あよが内《うち》は　迷《まよ》わちへ」と攪乱している。「こむ手《て》　結《よ》い倒《たう》ちへ/あたす　結《よ》い倒《たう》ちへ」は、敵をねじ伏せる意。「こむ手《て》　結《よ》い倒《たう》ちへ」に「両手詰る事」という「聞書」が付く。「こむ手《て》」には「両手也」という「聞書」があり、『混効験集』には「こむであわちへ」に「手を合する事也」という注が付く。「こむ手《て》」の他の用例は、「御袖《みそで》」が対句になっている。「あたす」は本歌のみの用例で、『辞典』では「足。下肢」とするが現在方言との関連は不詳。『辞典』の注は、伊平屋島《いへやじま》のミセゼル(『歌謡大成　沖縄篇上』)にでる「あた

*6 ただし、問題がなくはない。坊主の歴史的仮名遣いは、〈ばうず〉である。通常のオモロの表記からすると、アウという連続する母音は融合していないので〈はうす〉か〈はす〉(「づ」と「ず」の区別がないので、〈はうつ〉〈はつ〉の可能性もある)になる可能性がある。それが、「ほし」「ほしや」「ふし」となっているのは異例である。ただ、宮良当壮『宮良当壮全集　採訪南島語彙稿』第一書房、一九八〇年刊では、「僧侶」はすべて〈ボーズ〉系で〈バウズ〉系はなく、オモロの表記と近い。

*7 「麑島の御手に入、三年目に、嶽々とのへ、神出現にて、神託」(『歌謡大成　沖縄篇上』ミセセル十三)に、薩摩兵によって祭祀ができなくなった様子を「大和の　やしろのまいぼしやの　なてごろに　をとされて　たらされて」(大和のやしろの前坊主の撫でころに落とされて垂らされて)と謡っている用例がある。

すおりしき　こむでさしあけやへ」（あたす折り敷き、こむ手差し上げ合い）から類推《るいすい》したのか。「沖膾《おきなます》　しめて／辺膾《へたなます》　しめて」は、薩摩の兵を切り刻んで海の藻屑《もくず》にするという強い呪詛表現である。「沖《おき》膾《なます》／辺膾《へたなます》」の用例は、本歌のみ。「辺《へた》」は、『混効験集』に「海の端を云」と注がつく。「又大和島《やまとしま》ぎやめむ　やしろ国《くに》ぎやめむ　又糸《いと》　渡《わた》ちへ　掛《か》けわれ　縄《な》　渡《わた》ちへ　掛《か》けわれ」は、島津の侵略をはねのけて王国の力が大和までも及ぼすの意。「八重山征伐」を謡った第十一―五五八他にも「又八重山島《やへまじま》ぎやめむ　はたら島《しま》ぎやめむ　又与那国《いなぐに》ぎやめむ　波照間《はてるま》ぎやめむ　又縄《なわ》　渡《わた》ちへ　糸《いと》　渡《わた》ちへ」という表現があり、「征伐」に成功した王国の力が八重山の隅々までも及ぶことを謡っている。表現の上で、「八重山征伐」のオモロと島津侵入のオモロは類似している。「掛《か》けわれ」は「掛けれ」の敬語表現で、国王、聞得大君へ対して向けられている。〈掛《か》く〉には、「カキユン　⑥領する。支配する。統治する」（『方言』）という意味がある。「首里杜《もり》　適《かな》て／真玉杜《まだまもり》　適《かな》て」は、「大和島《やまとしま》／やしる国《くに》」が王国の望み通りになる意。〈適《かな》う〉は、「カナユン　①

達者である。働ける。自由がきく。かなうの意。②かなう。望み通りになる」（「方言」）等の語。「又いつ子《こ》　祈《いの》られて／くはら　誇《ほこ》られて　又聞得《きこゑ》大君《ぎみ》ぎや　照《て》るかはに　知《し》られゝ」は、琉球の兵士の戦勝の祈願や祝福をすると、それを聞得大君は日神に知らせよという意。「照《て》るかは」（「照《て》るかわ」という表記はない）は、『混効験集』や「聞書」に「てだの事」「御日の事」という注がある。『辞典』は「太陽。日神。「てだ」が太陽の物理性をいうのに対して、太陽の神性を示す」とあるが、「照《て》るかは」は神女オモロにでる語であり、神女が太陽をいう語とも考えられる。「照《て》るかは」の用例をみると、聞得大君とかかわるオモロが比較的に多い。これは、君々のなかでも聞得大君が「照《て》るかは」への祈りや祭祀《さいし》を専有化している結果ではないかと考えられる。[*8] なお、最後の節には対句がない。これはオモロに時々みられる現象で、ウタの終了の形式のひとつである。[*9]

*8 例えば、第一―一六では聞得大君と「照《て》るかはと　と声《こゑ》　遣《や》り交《かわ》ちへ／照《て》るしのと　ゑりちよ　遣《や》り交《かわ》ちへ」（語義不詳だが、「と声《こゑ》」「ゑりちよ」は聖なる言葉を意味する語）となっているが、第六―二九二では首里大君と「聞得《きこへ》大君《ぎみ》ぢよ　ゑりちよ　遣《や》り交《かわ》ちへ」（「ぢよ」は格助詞〈と〉の変化型）となっており、神女の格に対応して聖なる声を交わす神女が変化する例をみることができる。

*9 拙論「オモロにおける「連続部」最終節部の表現」。

参考文献
拙論「古琉球末期のオモロ、尚寧王の君手擦り百果報事を中心に」。

〔04〕〈「まみちけが　おもろ　口正《くちまさ》しや　あ物」―オモロ歌唱者の名乗り―〉

第五―二六四

あおりやへがふし

一まみちけが　おもろ
口正《くちまさ》しや　あ物
英祖《ゑそ》にや末《すへ》　思《おも》い子《ぐわ》す　ちよわれ
又今日《けお》の良《よ》かる日《ひ》に
今日《けお》の輝《きやが》る日《ひ》に
又首里杜《しよりもり》ぐすく
真玉杜《まだまもり》ぐすく
又百浦襲《もゝうらおそ》い　ちよわちへ
精《すゑ》の御殿《おどん》　ちよわちへ

一まみちけのオモロだ
霊験あらたかであるのだから
〔英祖王の子孫こそがましますのだ〕
又今日の良き日に
今日の輝く日に
又首里杜グスクの
真玉杜グスクの
又（国王は）百浦襲い（正殿）にいらっしゃって
（国王は）精の御殿（正殿）にいらっしゃって

【鑑賞】 オモロの担い手は神女ばかりではなく、男性歌唱者もいる。神女のオモロと男性歌唱者のオモロは、様々な面で表現に違いがある。そのひとつが「〜が　おもろ　口正《ちくさま》しや　あ物」という名乗りの句である。男性歌唱者は、本来、神の立場に立つ存在ではないためにこのような名乗り表現を謡う必要があった。

「まみちけ」は、後世のおもろ主取《ぬしどり》、安仁屋《あにや》家に繋がるオモロ歌唱者（男性）の名である。*1 オモロ歌唱者が登場する巻は、歌唱者の始祖〈音揚《ねや》がり〉と〈阿嘉犬子《あかいんこ》〉のオモロを集めた第八の外にこの第五があり、多くの歌唱者が登場する（〔05〕参照）。歌唱者のウタには、本歌のようにオモロの冒頭部が〈〜が　おもろ〉というかたちで始まるウタが三十六首（重複歌も含む）もある。第五にこれが十四首あって、最も用例が多い。興味深いのは、神女オモロや歌唱者の巻である第八には、この表現が一例もないのである。また、「口《くち》正《まさ》しや　あ物」という表現も第五のみに集中し（六首）、他巻には用例がない。*2 これを考えると、二つの表現は神女や歌唱者の始祖の表現ではなく、〈音揚がり〉〈阿嘉犬子〉以降の歌唱者の表現だということになる。すなわち、神女や〈音揚がり〉〈阿嘉犬子〉のオモロは、ウタがオモロでありそれが霊験《れいげん》あらたかであることが自明であるために、それを謡う必要がなかったのである。逆に、「まみちけ」

*1　「まみちけ」は、「八重山の人名及び屋号」（『宮良当壮全集』第十五巻、第一書房、一九八一年刊）に「士族の男の童名」に「満慶　ミチィキ」がある。これに「マ」（真）が付いた名であろう。

*2　類似した表現に第五―二六三「まみちけが　おもろ　精《すゑ》の口正《くちまさ》しや」がある。「精《すゑ》」は霊力を意味し、「精《すゑ》の口正《くちまさ》しや」は霊力に満ちた霊験ある言葉という意。他に第八―四〇五、第十六―一一二八にでるが、用例は「おもろ殿原《とのばら》よ　精《すゑ》の口正《くちまさ》しや」である。「口正《くちまさ》しや　あ物」が第八に出ないことは前述したが、〈おもろ音揚がり〉で始まる第八にあって四〇五は、異例である。「口正《くちまさ》しや　あ物」の用例からみて、四〇五は元来〈おもろ音揚がり〉の歌群にないウタであった可能性が高い。

等のオモロ歌唱者は、それをあえて謡い自らのウタを権威付ける必要があった。「口正《くちまさ》しや　あ物」という表現は、伊平屋島《いへやじま》、伊是名《いぜな》島に伝わるティルクグチという神歌の中にもみえる。やはり、これも男性神役によるウタである。*3

「口正《くちまさ》しや」は、「口《くち》」が言葉、「正《まさ》しや」は『混効験集』に「霊の字。占なとの能叶を云」とあり、形容詞「マサシャーン　霊験がある。霊験あらたかである」（『方言』）の語幹、「あ物」は理由や確定条件を表す表現（準体形）。「英祖《ゑそ》にや末《すへ》」（「にや」は接尾敬称辞）の「英祖《ゑそ》」は、琉球の王権神話における第三代目の王統「英祖王統」の初代の王をさす。オモロはこの王を始祖として、時の王を「末《すへ》」としている。*4本歌のひとつ前の「まみちけ」が謡う二六三は、「世勝《まさ》りのおぎやか」（尚真王）を称えるウタである。第五の末尾（二八〇〜二八八）には、集中して尚真《しょうしん》王の事蹟を謡うオモロがある。このことから本歌の「英祖《ゑそ》にや末《すへ》」とは、尚真王をさすと思われる。「思《おも》い子《ぐわ》」は、神が〈思う子〉という意。*5「英祖《ゑそ》にや末《すへ》」、すなわち尚真王と「思《おも》い子《ぐわ》」とが、同格であるならば、「英祖《ゑそ》にや末《すへ》　思《おも》い

*3　例えば、田名村のティルクグチ（『歌謡大成　沖縄篇上』）では「六一　てるくみが　云ふる事　六二　なるくみが　云る事　六三　口《くち》まさゝ　あやびーん　六四　事まさゝ　あやびん」（テルクミ〈神名〉が言うことは　ナルクミ〈神名〉がいうことは　霊験あらたかな言葉です　霊験あらたかなことです）と唱えられる。

*4　一方、古琉球時代の碑文記（「国王頌徳碑」一五四三年、『金石文』）等には「大りうきう国中山王尚清ハそんとんよりこのかた二十一代の王の御くらひをつきめしよわちへ」（大琉球国中山王《ちゅうざんおう》尚清は尊敦（舜天）よりこの方二十一代の王の御位をお継ぎになられて）とあり、舜天王統の開祖を始祖としている。この違いは、〈英祖にや末〉の対句は〈てだが末〉が多く、これは「日輪飛び来りて懐中に入るを夢む」（『球陽』）として誕生した日光感精説話に基づく英祖王の誕生譚が前提にあるからである。

子《ぐわ》」は英祖の子孫である「思《おも》い子《ぐわ》」、尚真王と解釈できるし、同格と考えなければ英祖の子孫、尚真王の「思《おも》い子《ぐわ》」（王子）とも解釈できる。「思《おも》い子《ぐわ》す」の「す」は係《かかり》助詞《じよし》、「ちよわれ」は、〈ちよわる〉（まします）の已然形《いぜんけい》で「す」の結びになっている。「今日《けお》の良《よ》かる日《ひ》／今日《けお》の輝《きやが》る日《ひ》」は、儀礼の日が日常の時間とは違う特別の時間であることをいう常套《じようとう》表現、「首里杜《しよりもり》ぐすく／真玉杜《まだまもり》ぐすく」は、首里城をいう語。「百浦襲《もゝうらおそ》い」は、『混効験集』に「もんだすい百浦添御本殿」とあり「首里城正殿のこと。ムンダシィー」（『混効験集の研究』）である。「精《するゑ》の御殿《おどん》」はその対句。オモロは、歌唱者が儀式の日に首里城に登場する尚真王、あるいはその王子を称えたウタである。その儀礼とは、おそらく元旦等に行う「朝拝御規式」だと考えられる。その儀式には、かつては国王が首里城正殿の「唐玻豊」という玉座《ぎよくざ》に登場する際、オモロが謡われたのである。本歌や二五三〜二五六の歌唱者「あかわり」等も「朝拝御規式」で謡われたオモロだと考えられる。

英祖王の神号は「英祖日子」で、「日子」はティダコと読むのであろう。オモロは、他の琉球歌謡のなかでもとりわけ王をティダ（太陽）として謡ったウタであることから、国王の美称として〈英祖にや末〉がある。

*5 「思《おも》い子《ぐわ》」は、「方言」では「ウミングワ　お子さん。他人の子の敬称」であり、『辞典』もそれを継承している。しかし、オモロでは「思《おも》い子《ぐわ》の　為《ため》す／わり金《かね》が　為《ため》す」（第十―五三八）等、神女と対句になる例があり、「思《おも》いまたふき」（第五―二二二）、「謝名思《ぢやなも》ひ」（第十四―九八二）があるように、接頭美称語、接尾敬称語のどちらにもなる語である。このことから、「思《おも》い子《ぐわ》」の〈思い〉は、原義的には人が〈思う〉というより神が〈思う〉と考えた方がよい語である。神に主体を置く語だからこそ、美称語（敬称語）になると考えられる。

〔05〕〈「石《いし》は　割《わ》れる物／金《かね》は　僻《ひぢや》む物」―オモロ歌唱者の表現―〉

第八―四六六

きみがなしふし
一阿《あ》嘉《か》のおゑつきや
饒《ね》波《は》のおゑつきや
十《と》百《もゝ》年《と》　ちよわれ
又あし井《か》戸《わ》の　有《あ》らぎやめ
くも清《さう》水《ず》　有《あ》らぎやめ
又石《いし》ぎや命《のち》てば
石《いし》は　割《わ》れる物
又金《かね》が命《のち》てば
金《かね》は　僻《ひぢや》む物

一阿嘉のおゑつきは（オモロを謡い申し上げる）
饒波のおゑつきは（オモロを謡い申し上げる）
〔（領主様は）永遠にましませ〕
又あし井戸のあるまで
くも清水のあるまで
又石の命といえば
石は割れるものだから
又金の命といえば
金はゆがむものだから

【鑑賞】男性歌唱者の始祖的な人物「阿嘉のおゑつき」が、謡うオモロである。石や金という永遠なる存在をあえて、ひっくり返すかたちで謡う表現が歌唱者のオモロにみられる。神女のオモロは、絶対的な世界、始原的な世界を謡うのに対して、男性歌唱者のオモロは物を対象化した相対的な視点を持っている。

第八は前半が「音揚《ねや》がり」、後半が「おゑつき」のオモロで構成されている。『混効験集』には「おもろねやがり／せるむねやがり」に「往古おもろの名人也。御神親愛したまふとなり」、「あかのこ／ねはのこ」に「おもろの名人にて、おもひねやがり世を同じふせし人也」とある。「おゑつき」は「あかのこ／ねはのこ」の別称で*1、『混効験集』は「音揚《ねや》がり」「おゑつき」とも同時代（「往古」）の「おもろの名人」とし、さらにこれを神格化した注も付く。最古の琉歌《りゅうか》集である『琉歌百控』「乾柔節流」（一七九五年、『歌謡大成　沖縄篇下』）の冒頭番外歌に、「歌と三味線の　むかし初や　犬子音東の神の御作」（歌と三味線の始まりは、犬子と音揚がり神のお作りになったものだ）があり、「犬子」と「音東」（「音揚《ねや》がり」*2）は歌と三味線の始祖神だとしている。琉歌は『混効験集』の注を三味線とその歌に広げた内容になっているが、いずれにしても琉球においては「音揚《ねや》がり」と「おゑつき」は、ウタの始祖神《しそしん》と考えられている。多くのオ

*1　「阿嘉《あか》のおゑつき」は、「音揚がり」と違い「阿嘉《あか》の子《こ》」「阿嘉《あか》の子《こ》おゑつき」「阿嘉犬子《あかいんこ》」等の別称があり、また他巻にも用例があって伝承的な広がりがある。

*2　「東」は「方言」で「アガリ」。これに「揚がり」を当てている。

モロ歌唱者が登場する第五にある二五二の「中嶺《なかみね》」のオモロに自らのウタを「阿嘉《あか》ん子《こ》おもろ／饒波犬子《ねはいんこ》をもろ」とするウタがあり、第五に登場する歌唱者には「音揚《ねや》がり」や「おゑつき」はオモロ歌唱者の始祖になっていたことが窺《うかが》われる。反復部の「十百年《ともゝと》　ちよわれ」は国王を対象とした表現ではなく、「音揚《ねや》がり」「おゑつき」が主に謡う「下《しも》の世の主《ぬし》」等の沖縄本島南部の領主である可能性がある。*3「年《と》」は、〈とし〉の「し」が脱落した語、「方言」「トゥ　年」。類似した表現に「十百歳《とひやくさ》　ちよわれ」がある（⒅参照）。

「あし井戸《かわ》」は、「糸満《いとまん》市山城《やまぐすく》の集落東方にある。地元ではアシチャーと称する」泉で、水量が豊富であるという（『地名大辞典』）。「井戸《かわ》」は、「カー　井戸。また、天然に湧いていて用水に使われるものをさす」（「方言」）。他に第二十―一三四二にも、「くも清水《さうず》」との対語で謡われている。一三四二を謡う「山内太郎兄部《やまきたらすざべ》／良《よ》かる太《た》郎兄部《らすざべ》」もこの地域のオモロ歌唱者であり、井戸や泉を称《たた》えることがその地域や土地の領主を称えることになる。*4「くも清水《さうず》」は、第十一―五五七他にもあって、「井之事也」という「聞書」がつく。

*3　第五のオモロ歌唱者が謡うオモロは、「おぎやか思《も》い」（尚真王）讃美と尚真王の事蹟を謡うオモロが多いのに対して、第八のオモロは首里讃美が幾つか謡われているものの、沖縄本島南部の西部地域の領主だと考えられる「下《しも》の世の主《ぬし》」等を讃美したウタが多く、第五と第八のオモロでは称える領主に違いがみえる。「音揚《ねや》がり」や「おゑつき」が尚真王時代におけるオモロの始祖的存在だとすると、「下《しも》の世の主《ぬし》」は高嶺大里（糸満市）に拠点があったとする山南王だということになる。その判断は容易ではないが、第五と第八の歌唱者との間には伝承されてきたオモロの時代層が一定程度異なっていることが窺える。

*4　高い山がなく平坦な地形が続く琉球石灰岩地域（沖縄本島中南部、宮古島等）では河川が発達していなく、人々が暮らすためには井戸や泉の存在は重要であった。蔡鐸本『中

「清水《さうず》」は、「聞書」に「清水也」「寒水」等とある。「くも清水《さうず》」の「くも」は「汲《く》も」（汲む）の意か。「又石《いし》ぎや命《のち》てば　石《いし》は　割《わ》れる物　又金《かね》が命《のち》てば　金《かね》は　僻《ひぢや》む物」は、堅固《けんご》である「石《いし》ぎや命《のち》／金《かね》が命《のち》」以上に「あし井戸《かわ》／くも清水《さうず》」は永遠に存在し続けるもので、そのように土地の領主は永遠にあれと願っている。通常は第八─四五六「石金《いしかね》の様《や》に　命《をのち》　継《つ》ぎよわれ」（石金の様に堅固な命を継ぎ給え）というように堅固なものの象徴として謡われる石金を、ここではその表現をひっくりがえすかたちで、それ以上に永久に存在し続ける泉と領主を讃美している。歌唱者のオモロには予定調和的な常套表現を覆《くつがえ》す新たな表現や、例えば第八─四一八「又首里杜《しよりもり》　ちよわる　おぎやか思《も》い加那志《がなし》　又天《てに》に　照《て》る　星《ほし》しよ　星《ほし》しゆ　算《さに》しよわれ」（尚真王は歳を星の数を数えるほどにおとりになられて）というような琉歌にあるような表現がみられる。このような表現は、歌唱者のオモロの特徴であり、神女オモロにはみられない。*5

山世譜』（一七〇一年）には、水量が豊かなカデシ泉と佐敷小按司《あんじ》（尚巴志）が持つ金の屏風を交換して、やがて農民の支持を失って佐敷小按司に滅ぼされた山南王他魯毎《たろまい》の記事が記されている。宮古島狩俣《かりまた》の村立て（村落の始まり）を謡う神歌「祓い声」（『歌謡大成　宮古篇』）でも、暮らすのに相応しい泉の発見が村落立地の最初の条件であることが謡われている。

*5　小野重朗はこのオモロを論じるなかで、本歌の「修辞」は勝れており、オモロ歌唱者は「音楽家、歌唱者」ではなく、「万葉の宮廷歌人の原形を見ることができる」としている（『南日本の民俗文化　改訂南島歌謡』第一書房、一九九五年刊）。

参考文献
拙論「歌唱者のテクスト─安仁屋本『おもろさうし』─」、拙論「神女オモロと歌唱者オモロ」。

〔06〕〈「朝凪《あさど》れが　し居《よ》れば／夕凪《ようど》れが　し居《よ》れば」―海上の巡行表現―〉

第十―五二四
あかんおゑつきがかいとりがふし
一聞《きこ》ゑ蒲葵《こば》せり子《きよ》
け　やれ　け
又鳴響《とよ》む蒲葵《こば》せり子《きよ》
又朝凪《あさど》れが　し居《よ》れば
又夕凪《ようど》れが　し居《よ》れば
又板清《いたきよ》らは　押《お》し浮《う》けて
又棚清《たなきよ》らは　押《お》し浮《う》けて
又船子《ふなこ》　選《ゑら》で　乗《の》せて
又手楫《てかぢ》　選《ゑら》で　乗《の》せて
又しちよきや　潟原《かたばる》に

一名高い蒲葵せり子
〔け　やれ　け（掛け声）〕
又轟く蒲葵せり子
又朝凪になると
又夕凪になると
又板清ら（船の美称語）を押し浮かべて
又棚清ら（船の美称語）を押し浮かべて
又水夫を選んで乗せて
又手楫（水夫か）を選んで乗せて
又しちよき（未詳語）は潟原に

又まきしや　潟原《かたばる》に
又細《さゝ》ら波《なみ》　立《た》てば
又夫婦《めよと》波《なみ》　立《た》てば
又鈴《すづ》の鳴《な》り　し居《よ》れば
又金《かね》の鳴《な》り　し居《よ》れば
又百十《もゝそ》　矛《ほこ》　持《も》たちへ
又七十《なゝそ》　弓《ゆみ》　持《も》たちへ
又百十《もゝそ》　さだけわちへ
又七十《なゝそ》　したけわちへ
又東方《あがるい》に　歩《あよ》で
又てだが穴《あな》に　歩《あよ》で

又まきし（未詳語）は潟原に
又さざ波が立つと
又夫婦波が立つと
又鈴の音がすると
又金の音がすると
又百十人に矛を持たして
又七十人に弓を持たして
又百十人を先に立てなさって
又七十人を後に付けなさって
又東方に歩んで
又太陽の昇る穴に歩んで

【鑑賞】第十の基本的な性格は、祭場へ赴く巡行歌である。航海のウタが目立つが、それは琉球の彼岸世界が海上彼方に考えられているからである。「朝凪《あさどれ》が　し居《よ》れば」から「手楫《てかぢ》　選《ゑら》で　乗《の》せて」までの六節が海上巡行の理想を謡う表現で、それは船漕ぎの模擬的航海を前提にした表現である。

『おもろさうし』には、第十（四十五首）や第十三（二百三十六首）を中心に航海を謡ったオモロが多数ある。それは実際の航海を謡うウタばかりではなく、本歌のような神（神女）の航海歌が相当含まれる。神（神女）の航海は、一般に東方海上の彼方に存在すると考えられている「にるや」への航海である。本歌も末尾に「東方《あがるい》に　歩《あよ》で／てだが穴《あな》に　歩《あよ》で」が謡われ、神（神女）の「にるや」への儀礼的航海だと考えられる。それは神女が自らの霊的力を更新《こうしん》するための航海であり、神が祭りを終えて原郷《げんきよう》に帰る航海でもある。本歌の「朝凪《あさど》れが　し居《よ》れば」から「手楫《てかぢ》　選《ゑら》で　乗《の》せて」までの六節は、神（神女）の儀礼的な航海を謡う常套句《じようとうく》であり、神々の海上巡行を謡う表現である。第十にはこの常套句が集中し、四十五首中、十八首にでる。第十は「ありきゑとのおもろ御双紙《さうし》」で、〈ありく〉とは、あちこち移動する、歩きまわる意（歩行に限らず乗物による移動も含む）。第十は、神（神女）の巡行《じゆんこう》を謡うオモロを集めた巻である。その巡行には、陸上の巡行と海上の巡行がある。陸上の巡行は、〈17〉にみるように馬による巡行であり馬の美しい装《よそお》いの叙《じょ》事《じ》表現である。第十―五一四も馬による巡行のオモロであるが、これにも本歌の末尾にある「東方《あがるい》に　歩《あよ》で／てだが穴《あな》に　歩《あよ》で」があり、本歌と合わせて考えると、五一四は首里城を立ち与那覇浜《よなはばま》、馬《ば》天《てん》浜に降りて、そこから船に乗り知名《ちな》岬を廻って、東方海上の「にるや」へ向かうというオモロと読める。首里城から与那覇浜、馬天浜に降りるまでの巡行が馬による巡行のウタであるが、本歌はその先の海上巡行を中心に謡ったオモロとして捉《とら》えることができる。

　反復部の「け　やれ　け」は、掛け声。オモロは一般に掛け声や囃子《はやし》に当たるパート（反復部）が有意味化し意味のある表現になっているが、本歌は違う。第十には本歌と同じように反復部が掛け声である五五三や掛け声の一部に短い言葉が入った五一四「ゑよ　ゑやれ　押《お》せ」等がある。「ゑ」「け」「やれ」「ゑけ」等は航海関連のオモロに比較的多くでるが、「朝凪《あさど》れ」の常套句が出るオモロでは、儀礼的な船漕《こ》ぎによる航海を意味する表現だと考えられる。「聞《きこ》ゑ蒲葵《こば》せり子《きよ》／鳴響《とよ》む蒲葵《こば》せり子《きよ》」は、神女名。他に第十―五二一・

五三三に用例がある。「蒲葵《こば》」は、クバ、ビロウのこと。*1 クバは神《しん》木《ぼく》であり、『由来記』に記される御嶽《うたき》名に限っても「コバウ御嶽」(阿嘉村)、「コバウノ森」(久高島)等、二十六箇所を数える。オモロにも第十三—九三四に「嘉《か》津《つ》宇嶽《おうたけ》」(沖縄本島本部)の対語に「蒲葵《こばう》嶽《だけ》」があり、第十三—八五三・八五四に久高島の「コバウノ森」と考えられる「蒲葵杜《こばおもり》」「蒲葵杜《こばもり》」がある。「蒲葵《こば》せり子《きよ》」の「せり子《きよ》」に注目すると他の用例に「国《くに》せり子《きよ》」がある。この用例で注目されるのは、本歌のひとつ前の「十《と》島島《しましま》襲《おそ》い/聞《きこ》ゑ国《くに》せり子《きよ》」以外の「国《くに》せり子《きよ》」の用例の六例は、すべて「東方《あがるい》の大主《ぬし》」がでるオモロ(第十三—九七九他)、あるいはこれが「東方《あがるい》の大主《ぬし》」と対語(第五—二三八)になってでることである。「蒲葵《こば》せり子《きよ》」「国《くに》せり子《きよ》」はいずれも、東方にある異界《いかい》「にるや」と関係が深いことが窺われる。さらに、「聞《きこ》ゑ蒲葵《こば》せり子《きよ》」が謡われる他のオモロ(五二二・五三三)に「首里《しより》の　珍《めづ》らしや」という表現があることも注目される。特に、五二二は「又東方《あがるい》は　崇《たか》べて　又てだが穴《あな》は　崇《たか》べて」「又首里杜《しよりもり》　知《し》られゝ　又真玉杜《まだまもり》　知《し》られゝ」とあり、これは東方

*1　天野鉄夫『琉球列島植物方言集』新星図書、一九七九年刊。

世界からに首里に戻るオモロであると理解される。「珍《めづ》らしや」は、異界に身を置いた神女の此岸《しがん》を見る眼差《まなざ》しを示す表現だと考えられる（〔20〕参照）。つまり、これは東方世界への巡行を謡う本歌と対の関係にあると想定できるオモロなのである。

そこで想起されるのが、久高島《くだかじま》で十二年に一度行われるイジャイホーという祭祀《さいし》で謡われる「アリクヤー」（『歌謡大成　沖縄篇上』）という神歌《かみうた》である。このウタは、祭りの最終部分で神女と村人がともに綱を持ちながら漕ぐ動作をして、異界の「にらーてぃ／はにゃぬてぃ」（ニライ海／カナイ海）から順次、久高島の干瀬《ひせ》、久高島の御嶽、斎場御嶽《さいふぁあうたき》、馬天《ばてん》浜、与那原《よなばる》、首里城へというように、神々が異界から此岸の世界を訪れる、あるいは神女等が異界から帰還《きかん》する道行きを謡っているウタである。「アリクヤー」の「アリク」は「ありきゐと」の〈ありく〉だろう。五二一のオモロは、この「アリクヤー」に対応するオモロだと思われる。ただし、それはイジャイホーで謡われたのではなく、「康熙《こうき》十二年」（一六七三年）まで行われていた旧暦二月の「麦ノミシキヨマ」（「二月崇《たか》べ」）儀礼における国王や君々の久高島行幸《ぎょうこう》等で謡われたオモロだと考えられる。[*2] 本歌は、五二一・五三三等とともに久高島行幸の場で謡われたオモロと理解される。「聞ゑ《きこ》蒲葵《こば》せり子《きよ》」は、久高島の御嶽「コバウノ森」の神、あるいはそれを祭る久高島のノロであると推測される。そして、それを前提にすれば、本歌は「一 外間《ほかま》大屋子《やこ》が　やゝと　押《お》せ　やちよこ達《た》」と始まり、その後に「朝凪《あさど》れが　し居《よ》れば」以下の六節の常套句がきて、末尾句が「東方《あがるい》に　歩《あよ》みよわ／てだが穴《あな》に　歩《あよ》みよわ」と謡われる五五一のオモロとも対の関係になっていると考えられる。「外間《ほかま》大屋子《やこ》」は久高島を代表する男性（根人）、本歌の「聞ゑ《きこ》蒲《こ》葵《ば》せり子《きよ》」は久高島を代表する女性（ノロ）であり、本歌と五五一は久高島を代表する男女の神職によって「にるや」へ神（神女）を送るウタとして謡われるオモロであると考えられる。さらに本歌は、「にるや」との往還《おうかん》という意味では五二一・五三三と対の関係にあるオモロだと考えられる。

「朝凪《あさど》れが　し居《よ》れば」以下の六節が、前述したように海上巡行を謡う〈巡行叙事〉である。「朝凪《あさど》れ」は、『混効験集《こんこうけんしゅう》』に「朝な

*2　『由来記』巻一「王城之公事　二月」に「35　行㆓幸于久高島㆒（行幸無㆑之年ハ、弁之嶽へ行幸、アガルイ有㆓御拝㆒也）」に「自古、二月ノミシキヨマノ時、隔年一次、行㆓幸于久高島㆒（聞得大君・司雲上按司、御召列也）、有㆓御祭礼㆒也。（割り注、省略）然　尚貞王御宇、至㆓康熙十二年癸丑二月十一日㆒、改而遣㆓当役㆒、有㆓御祭礼㆒也」がある。

き之事」、「聞書」に「朝無風」「朝風閑之事」等とあり、朝凪《あさなぎ》の意。「夕凪れ《ようど》」は、『混効験集』に「夕なぎ之事」とある。「板清ら《いたきよ》／棚《たな》清ら《きよ》」は、『混効験集』に「船の美称」、「聞書」に「船をいふ」「舟の異名なり」とある。「船子《ふなこ》」は、『混効験集』に「水主の事」、「聞書」も同様に「加子也」とあり、対句の「手楫《てかぢ》」は、『混効験集』に「楫取の事」、「聞書」には同様の注の外に「楫の事」「か子之事也」があって、「聞書」の注に揺れがある。それは「船子《ふなこ》」は「フナク　船子。水夫」（「方言」）が確認できるが、「手楫《てかぢ》」は該当《がいとう》する「方言」が確認できないことと関係するか。オモロの対語のあり方からすると「手楫《てかぢ》」が「楫取」なら「船子《ふなこ》」（水主）より上位にあるはずで、「手楫《てかぢ》／船子《ふなこ》」という順になるはずである。[*3] そういう点から「手楫《てかぢ》」は船の漕ぎ手を意味する語かもしれない。「朝凪れ《あさど》がし居れば」以下の六節は、朝凪、夕凪の風のない穏やかな海に船を浮かべて選りすぐった水主《かこ》による神や神女の理想的な漕行《そうこう》、海上巡行を意味する叙事表現である。それが帆走《はんそう》ではなく船漕ぎによる航海であるのは、儀礼的な航海である船漕ぎ儀礼と関連するからだろ

*3　例えば、「大ころ／ころ〴〵」の対句は、「大ころ」が上位の官人、「ころ〴〵」が中下位の官人だと考えられる。上位の者が、対句の先にでる傾向がある。『辞典』が引いているが、『大島筆記』は楷船《かいせん》に乗る船員名簿を船頭、柁取、佐事、定加古、加古の順で記している。それは、船員の順位を示していると思われる。

う。ただし、この表現は神（神女）による航海を表す叙事である故に、断片化した表現も含めて船人一般の安全な航海を願う表現にもなっている。「しちよ木《ぎ》／まきし」は、未詳語。第十三―七八九に「しちよう木《ぎ》や　てうみ御船《おうね》／まきしや　てうみ御船《おうね》」があり、船材になっている木の名だと思われるが、不明である。「潟原《かたばる》」は、「カタバル　潟。干潟。遠浅で、潮の干満《かんまん》によって現れたり隠れたりするところ」（「方言」）である。船の漕行は、沿岸の漕行、あるいは沿岸から沖へ向かう漕行を意味しよう。「細《さゝ》ら波《なみ》／夫婦波《めよとなみ》」は、「夫婦波《めよとなみ》」に『混効験集』は「小浪の事也。さゝら浪はさゞ波と云事か」、「聞書」は「細《さゝ》ら波《なみ》」に「小浪の事」とある。「鈴《すゞ》の鳴《な》り　し居《よ》れば／金《かね》の鳴《な》り　し居《よ》れば」は、小浪が立つので船が揺れ、それで鈴や金が鳴るということか。金属音《きんぞくおん》は、陸上での巡行では鐙《あぶみ》の音であり、海上での巡行では「鈴《すゞ》の鳴《な》り／金《かね》の鳴《な》り」となる。いずれにしても、金属音は神や神女の訪れ、移動の音である。祭具には鉦《かね》があり、オモロに「鈴鳴《すゞな》り」という神女《しんによ》がある。「鈴鳴《すゞな》り」は、金属音を響かせて登場する神女、巡行する神女であろう。「百十《もゝそ》　矛《ほこ》

＊4　伊是名島方言編集委員会『伊是名島方言辞典』伊是名村教育委員会、二〇〇四年刊。この語は「方言」「シジャキ　侍女」とも関係するか。

＊5　なお、本歌のふし名は「おもろ主取」の起源譚《きげんたん》になっている『球陽』巻四に記される数明親雲上の記事に繋がる興味深いふし名である。本歌のふし名は「あかんおゑつきがかいとりがふし」だが、ふし名の出所は第十―五四二である。「あかんおゑつき」は、第八にでるオモロ歌唱者の始祖と考えられる「阿嘉《あか》のおゑつき」である。そこで想起されるのが、『球陽』巻四（尚清王）にでる「神歌頭」（後の「おもろ主取」）になった数明親雲上の記事である（「数明」は奄美大島の住用《すみよう》のあて字か）。記事は、数明親雲上は幼い頃から「深く神歌を嗜《たしな》み」、「詠謡妙を得」ていた。国王

持《も》たちへ」以下四節は、神女が武装した多くの者とともに巡行する様《さま》を表現している。この場合、武装は邪気を祓《はら》うためのものと思われる。「さだけわちへ」の「さだけ」は「方言」「サダユン　先に立つ。先行する」と関連する語で、これに尊敬の補助動詞「わちへ」が付いた語。「したけわちへ」の「したけ」は、伊是名島方言「シジャーキーン　処理する。片付ける」*4と関連し、ここでは後に付く意かと思われる。「東方《あがるい》に　歩《あよ》で／てだが穴《あな》に　歩《あよ》で」は、末尾が敬語表現になっている「歩《あよ》みわ」（五一四）、「歩《あよ》みよわ」（五五一・五五三）を含めて、すべて第十にでる。前述した通り、これらはいずれも国王や君々の久高島行幸に関わるオモロであろう。〈歩む〉（アユヌン）は、文語的な語である（「方言」）。第十一―六一〇等に「歩《あよ》む」と「おわる」（〈行く〉〈来〉の敬語）が対語になっている例があるが、〈歩《あよ》む〉は〈歩《ある》く〉の敬語的なニュアンスを持つ語になっているのではないか。「方言」の〈歩《ある》く〉（「アッチュン」）は人や動物が陸上を「行く。進む。移動して行く」意ばかりではなく、「フニヌ　アッチユン（船が進む）」（「方言」）という使い方もある。*5

が久高島行幸の折「神酒司頭」になって同行したが、その帰り海が俄《にわか》に荒れて遭難しかかった。数明親雲上は再三、「神歌」を謡うと波がおさまり無事に帰還でき、国王より褒美《ほうび》を頂いて「神歌頭」になり「黄冠を頂戴」したというものである。記事は、「神歌」（オモロ）の効用と「おもろ主取」の起源を記しているが、久高島行幸のオモロと考えられる本歌ふし名にオモロ歌唱者の始祖「阿嘉《あか》のおゑつき」がでるのは、『球陽』のこの記事と関わりがあるのではないか。

参考文献

拙論「「ありきゑとオモロ」と「船ゑとオモロ」―『おもろさうし』第十と第十三―」、拙論「久高島行幸のオモロ―「久高島由来記」（『恵氏家譜』とかかわって―」（『立正大学大学院紀要』第二十八号、立正大学大学院文学研究科、二〇一二年刊）。

〔07〕〈「ゑけ　上《あ》がる三日月や」「ゑけ　上《あ》がる赤星《あかぼし》や」―巡行に立つ神女―〉

第十―五三四

一ゑけ　上《あ》がる三日月や
(又)ゑけ　神《かみ》ぎや金《かな》真《ま》弓《ゆみ》
又ゑけ　上《あ》がる赤星《あかぼし》や
又ゑけ　神《かみ》ぎや金《かな》真《ま》巻《ゝき》
又ゑけ　上《あ》がる群《ぼ》れ星《ぼし》や
又ゑけ　神《かみ》が差《さ》し奇《く》せ
又ゑけ　上《あ》がる命雲《のちくも》は
又ゑけ　神《かみ》がまなき、帯《おび》

一ああ、上がる三日月は
(又)ああ、神の立派な真弓だ
又ああ、上がる明けの明星は
又ああ、神の立派な真巻（矢）だ
又ああ、上がる昴星は
又ああ、神の羽飾りだ
又ああ、上がる生命漲る雲は
又ああ、神のまな帯だ

【鑑賞】本歌は、有名なオモロの一首。しかし、正確に解釈されていない。ひとつの理由は、これを実際的な航海歌だと理解しているところにある。また、「赤《あか》星《ぼし》」も明けの明星と理解されていない。本歌は祭祀の想像力ともいうべきものによって、明け方、巡行に立つ神女の装束を月や星、雲にみたてたオモロである。

本歌には、ふし名が付いていない。本歌は、最も有名なオモロのひとつである。高等学校の古典の教科書にも、『おもろさうし』を代表するウタとしてこれが採《と》られていた。伊波普猷《いはふゆう》をはじめとする先学達の多くは、このオモロにふれている。*1 しかし、ほとんどの先行研究は、これが舟人《ふなびと》等が船上において天を仰ぎ称えたオモロであるとしている。その中にあって、西郷信綱《さいごうのぶつな》は「これは舟歌で、海上にいて天空を仰いだ舟人の感動をうたったものとされてきているのだが、果たしてどうだろうか。神楽歌に「明星《あかぼし》」という歌があるのを私は思い出す。神楽は日の暮から始まり、徹宵、夜明に至って終る。（途中省略）神楽歌の「明星」はこうした祭りがようやく終りに近づく暁にうたわれるのだが、このことから推して右のオモロも祭りのときの暁の歌ではあるまいかと私は考える」と述べている。*2 先行研究が本歌を「舟歌」としたのは、これが第十「ありきゑとのおもろ御双紙《さうし》」にあるからだが、第十は儀礼的な航海を多く含む海上や陸上の巡行を主な内容とする巻であり、必ずしも実際の航海を謡った巻ではない。

本歌は、特異な歌形のオモロである。「一」と「又」の関係から

*1 伊波普猷『おもろさうし選釈』（全集第六巻所収）、仲原善忠『おもろ新釈』（全集第二巻所収）、嘉味田宗栄『琉球文学序説』、外間守善『日本古典文学鑑賞　南島文学』『古典を読む　おもろさうし』『南島の神歌』、小野重朗『南日本の民俗文化　改訂　南島歌謡』『南日本の民俗文化　増補　南島の古歌謡』、宮良当壮『日本方言論叢』、関根賢司「天上幻視」、池宮正治「武装する神女」（共に『おもろさうし精華抄』所収）、玉城政美「「おもろ」について」（『言語生活』第二五一号）、鳥越憲三郎『おもろさうし全釈』、益田勝美「幻視―想像力のゆくえ」（『火山列島の思想』所収）、土橋寛「日本文学と沖縄文学」（『日本古典文学鑑賞　南島文学』所収）等。

*2 西郷信綱「オモロの世界」『日本思想大系　おもろさうし』岩波書店、一九七二年刊。西郷のオモロ論は勝れており、今日にあっても新鮮である。

「ゑけ　神《かみ》ぎや金真弓《かなまゆみ》」が反復部だと考えられそうだが、第一行目と第三行目とは対句の関係ではなく、本歌は第一行目と第二行目とが「～は～だ」という文的《ぶんてき》な表現で、以下も同様に展開している。すなわち、本歌は対句の関係にない四つの独立した文的な表現によって展開する特異なウタである。したがって、岩波文庫本『おもろさうし』がそうするように、第二行目の冒頭に「又」を補ってこのオモロは理解した方がよい。

「ゑけ」は、掛け声。第十―五二四に「け　やれ　け」という用例もあるので、「ゑ」と「け」という掛け声とも考えられる。「ゑけ」は他に二十六例ほど用例があるが、ほとんどの用例は、反復部の冒頭にでる。各節の冒頭（連続部の冒頭）にでる本歌のような例は、他に二例（五三一・五三二）あり、いずれも第十にある。そのうちの五三一のふし名「あがる三日月がふし」は本歌を出所《でどころ》としており（本歌と五三二には、ふし名がない）、しかも排列《はいれつ》も近い。三首は、相互に関連性があろう。さらに、三首の間にある五三三は〔06〕でふれた国王の久高島行幸《ぎょうこう》から首里に帰還することを謡ったオモロと想定される。つまり、本歌を含めたこの三首は久高島行幸時に謡われた可能性がある。「三日月」は、他に一例、第十三―七九五に「又三日月《かづき》の　満《み》つ様《や》に　又四日月《かづき》の　満《み》つ様《や》に」がある。『採訪南島語彙稿』[*3]には、八重山等では「三日月」を〈若月〉というとある。オモロでは沈む太陽は謡われることはなく、昇《のぼ》る太陽が謡われる。同様に月も、満月やこれから満ちていく月が謡われる。「金真《かなま》弓《ゆみ》」は、立派な真弓。三日月を神の真弓だと譬喩《ひゆ》している。三日月を弓と譬喩する例は、奄美の八月踊り歌（『歌謡大成　奄美篇』）に「みかづきさまわ　ゆみになてぃてぃゆり」（三日月様は弓になって照っている）がある。「金真弓《かなまゆみ》」も「真弓《まゆみ》」も本例のみであるが、「弓《ゆみ》」の唯一の用例は、〔06〕で取り上げた五二四にでる「又百十《もゝそ》　矛《ほこ》　持《も》たちへ　又七十《なゝそ》　弓《ゆみ》　持《も》たちへ」である。五二四は、国王の久高島行幸のオモロと想定されるオモロである。本歌も五三三に前後してでる「ゑけ」の用例から久高島行幸にかかわるオモロである可能性を述べたが、これは偶然ではないのではないか。すなわち、二首は謡う場を共にしている可能性がある。三日月から連想される「金真《かなま》

*3　宮良当壮『宮良当壮全集　採訪南島語彙稿』第七巻、第一書房、一九八〇年刊。

弓《ゆみ》」は、東方の聖地へ巡行する神（神女）達の持ち物だと考えられる。「赤星《あかぼし》」は、『辞典』等では「金星。宵の明星」としている。これは「三日月」との対語として「赤星《あかぼし》」を捉えているからだが、前述したように本歌は特殊な歌形のオモロであり二語を対語と考える必要はない。古典では、西郷がいうように「明星《あかぼし》」は「明けの明星」をいう。方言でも「明星《あかぼし》」は「アカプシ」（石垣）で、「暁の明星」を意味する。しかも「宵の明星」は「暁の明星」とは別語[*4]で、「シカマブシ」（八重山、宮古。仕事星の意）、「ユーバンマンザー」（沖縄本島、夕飯を待つ者の意）というとある（『採訪南島語彙稿』）。本歌を取り上げた先学はこの点も、誤っている。「金真巻《かなまへき》」は、『辞典』には「立派な矢」とある。『おもろさうし選釈』は、『和名抄《わみょうしょう》』に「細入弓箭、末々岐由美」があることを指摘している。「真巻《まへき》」は、古語「ままき（継木・細射）木と竹をはり合わせて作った弓。それにつがえる矢。的矢に用いた」（『岩波古語辞典』）。オモロの用例は他に一例、第十—五一九に「又真巻《まへき》　追《お》い詰《つ》めて　又てらほ　追《お》い詰《つ》めて」があるが、対語と思われる「てらほ」が不詳である。次の句

*4　内田武志『星の方言と民俗』岩崎美術社、一九七三年刊によれば「（金星は）その出現の時刻により、夜明けとか宵の語を冠して、呼び分けていることが普通である。（途中省略）以前は暁の明星と宵の明星とは違う星だと信じていたところ（志太郡六合村）もあった」として、「暁の明星」の例として「アカボシ」（佐渡郡両津町夷）を上げている。

の「差《さ》し寄《く》せ」（髪飾り）と「きゝ帯《おび》」（帯）の取り合わせからも、「金真弓《かなまゆみ》」と「金真巻《かなまへき》」は弓と矢の取り合わせがよい。しかし、問題はこれが矢であるにしろ弓であるにしろ、「明星《あかぼし》」の譬喩になるかということである。「明星《あかぼし》」はこれを含んだ星座をイメージしなければ、譬喩にならないのではないか。これが課題として残る。[*5]「群《ぼ》れ星《ぼし》」の用例は、本例のみ。『辞典』はただ「群れ星」としているが、『採訪南島語彙稿』は「ブリフゥシ」（与那国）、「ブリプシ」（石垣）をあげ、「昴星。六連星」としている。野尻抱影も『星の方言集　日本の星』で本歌にふれ、「これはスバルに相違ないと思った。天明の雑字類編に「昴星《ムラボシ》」とある」と記している。[*6] 昴《すばる》は東の空に太陽が出る前に現れ、西の空には沈む太陽とほぼ同方向に現れるので、農漁村の人々は季節を知る目安としている星である。[*7]「群《ぼ》れ星《ぼし》」は、季節を測《はか》る星であり身近な星であった。この「群《ぼ》れ星《ぼし》」から「差《さ》し寄《く》せ」が、連想されている。『辞典』はこれを「髪に挿す櫛」としているが、原則としてオモロは〈シ〉と〈セ〉の書き分けがあり、「櫛」は表現の上から問題がある。[*8]「差《さ》し寄《く》せ」の用例は本

*5　内田『星の方言と民俗』は、蠍座の中心に輝く一等星アンタレスをアカボシと称する事例（愛媛県新居郡大保木村）を載せている。

*6　野尻抱影『星の方言集　日本の星』中央公論社、一九五七年刊。

*7　内田『星の方言と民俗』。多良間島に『星見様』という農期を測る文書があるが、それにも「六星」（六連星、昴）がでる。また、八重山歌謡のフナー星（「フナー」は組みの意。「フナー星」は組み星が原義）も、六連星、昴を謡ったウタである。

*8　挿櫛は「飾りとして女性の髪にさす櫛。解き櫛などに対して、飾りとして女が髪にさす櫛」（『日本国語大辞典』）だが、琉球では一般的には髪飾りとして挿櫛は使われていない。琉球では櫛は「サバチ」といい、梳き櫛である（『方言』）。

例のみだが、「奇《く》せ」の用例は幾つかあり、いずれも神女が「又羽《はね》差《さ》しやり　奇《く》せ　差《さ》しやり」（第十二―七〇五）、「綾差羽《あやさばね》　差《さ》しよわれ／奇《く》せ差羽《さばね》　差《さ》しよわれ」（第十三―九〇三）と謡われる用例である。「羽《はね》」「差羽《さばね》」は神女が祭祀《さいし》の際に髪に挿《さ》す羽飾りである。「差《さ》し奇《く》せ」も、それだと思われる。「命雲《のちくも》」は、『辞典』は「横雲。「のち」はヌチといい横糸を意味する」とする。これは、「ヌチ　緯（ぬき）。緯糸（ぬきいと）。横糸」（「方言」）を前提とする注である。確かに、譬《たと》える「きゝ帯《おび》」（帯）に相応《ふさわ》しい気がするが、現在の沖縄本島南部方言では「キ」は「チ」に変化していても、オモロの表記は原則的に「キ」と「チ」の書き分けがあり問題が残る。そこで思いつくのは、第四―二一一に「嶋がのち」という用例があり、重複する第六―二九七はそれが「しまがいのち」という表記になっている。「いのち」に「のち」という表記がある。第十―五二一に「命果報《のちがほう》」があり、「のち雲《くも》」を「命雲《のちくも》」とする解釈は可能である。第十―五二二に明け方の東方の雲を「紫《むらさき》の綾雲《あやぐも》／紫《むらさき》の命雲《のちくも》」と謡っている。本歌で謡われる「命雲《のちくも》」も正しくそれで、東雲の空にある命が漲《みなぎ》った雲という意だろう。それを神の「まなき丶帯《おび》」だとしているのである。「き丶帯《おび》」は帯のこと（〔17〕参照）。「まな」は不明だが、第三─九九「又此《こ》の吉《ゑ》日《か》の　依《よ》り降《お》れや　いつよりも　まなしや」の「まなしや」に関係するか。「まなしや」の対語は「おもかしや」。「おもかしや」は『混効験集』は「めづらしきと云事」、「聞書」も「めづらしや也」とある。「まなしや」もそれに類する形容詞で、「まな」はその語幹であろう。

本歌は「赤星《あかぼし》」や「群《ぼ》れ星《ぼし》」「命雲《のちくも》」が謡われているように、太陽がまだ出ない夜明け前の天空に浮かぶ、金星、昴、東雲《しののめ》を神女の装束になぞらえて謡ったオモロだと考えられる。しかし、それは目の前にある「情景」をなぞったのではなく、「三日月」が謡われているように前日の宵からの時間、籠《こ》もりの時間から連続した夜明け前の時間の中にある「情景」を、信仰による想像力、幻想の「叙景」によって、これから巡行に立つ神女の姿にイメージしたウタである。これは、先行研究が述べるような天体讃美のウタではない。

参考文献
拙論「オモロ「ゑけ　上がる三日月や」─巡行に立つ神女─」（『修辞論』おうふう、二〇〇八年所収）、拙論「久高島行幸のオモロ─「久高島由来記」（『恵氏家譜』）とかかわって─」（『立正大学大学院紀要』第二十八号、立正大学大学院文学研究科、二〇一二年刊）。

〔08〕〈「かさす若《わか》てだ／真物若《まものわか》てだ」―久米島の英雄―〉

第十一―五六八

いや〻とよたしがふし
一福地儀間《ふくじぎま》の主《しゅ》よ
良《よ》かる儀間《ぎま》の主《しゅ》よ
おもい　乞《こ》て　げらへ
又宇根《うね》ぐすく　げらへ
大ぐすく　げらへ
又かさす若《わか》てだよ
真物若《まものわか》てだよ
又石門《いしぢやう》は　建《た》て〻
金門《かなぢやう》は　建《た》て〻

一福地儀間の主よ（オモロを謡い申し上げる）
良き儀間の主よ（オモロを謡い申し上げる）
〈おもい〈神女名か〉を招いてグスクを建てよ〉
又宇根ぐすくを建てよ
大ぐすくを建てよ
又かさす若てだは
真物若てだは
又石門を建てて
金門を建てて

【鑑賞】久米島の英雄を謡ったオモロである。久米島も八重山とほぼ同時期に琉球国の支配下に組み入れられるが、

「かさす若《かゎ》てだ」は在地の英雄として謡われている。しかし、久米島の「旧記」では「若《かゎ》てだ」は父に討たれる悲劇の英雄であり、オモロとは異なっている。この英雄像の違いが、我々を様々な想像に駆り立てる。

「福地儀間《ふくじぎま》の主《しゅ》」は「聞書」に「人名也」とある。久米島《くめじま》のオモロ歌唱者だと思われる。他に第十一―五六九、五九七他に用例があるが、いずれも「かさす若《わか》てだ」を謡っている。「かさす若《わか》てだ」は「儀間村イシキナハ按司」の「三男」で、粟国島《あぐにじま》出身の妾腹《しょうふく》の子である（『久米具志川旧記』*1）。久米島の按司は、島外から来た外部勢力だと考えられている。*2「若《わか》てだ」は儀間村と縁がある人物である故に、「儀間《ぎま》の主《しゅ》」に称えられているのか。「福地《ふくじ》」は第二十―一三四四他に固有名詞の用例（糸満市福地）があるが、本歌では「儀間《ぎま》」を美称した語。儀間は現久米島町儀間。「良《よ》かる儀間《ぎま》の主《しゅ》」は「福《ふく》地儀間《じぎま》の主《しゅ》」の対句。対句に「良《よ》かる」という語がくる場合、歌唱者をいう用例が多い。例えば、第二十―一三三七他「山内太郎兄部《やまきたらすざべ》／良《よ》かる太郎兄部《たらすざべ》」、第十五―一〇五八他「沢岻太郎《たくしたら》なつけ／良《よ》かる太郎《たら》なつけ」があり、久米島のオモロでも、第十一―五六七・第二十一―一四三三他「ゑん子《こ》鳴響《とよ》た主《しゅ》／良《よ》かる鳴響《とよ》た主《しゅ》」がある。

*1　『久米仲里旧記』は「かさす若《わか》てだ」を「四男」としている。なお、『久米具志川旧記』『久米仲里旧記』は、『神道大系』による。
*2　仲原善秀「久米島の歴史」（沖縄久米島調査委員会編『沖縄久米島』弘文堂、一九八二年刊）。

「宇根《うね》ぐすく」は、『久米具志川旧記』に記される「がさす若按司」が「とんなは（登武那覇）の嶺」に建てたという宇根村（久米島町宇根）にある城のこと。「大ぐすく」はその対語。『久米仲里旧記』には「宇根村とんなは御嶽御いへ」は、「かさす若ちやらと被申候人之亡霊を崇敬」するためのものと記される。『久米仲里旧記』には、かさす若ちやらは世人《せじん》とは異なり威厳があって、「きみまもの時」（君真物神が現れる時）に父のいしきなわ按司《あじ》より先にかさす若ちやらに神が現れたために、父は脅威《きょうい》を感じ息子を討《う》とうとしたとある。*3「かさす若《わか》てだ／真物若《まものわか》てだ」は両「旧記」に出る「がさす若按司」「かさす若ちやら」のことで、対句の「真物若《まものわか》てだ」は霊威《れいい》（真物）に満ちた若々しいてだ（領主）という意。「真物《まもの》」という美称語は、ここでは君真物に称えられたことで付いた語と解される。オモロは「石門《いしぢやう》は　建《た》てゝ／金門《かなぢやう》は　建《た》てゝ」と謡い、「かさす若《わか》てだ」の築城《ちくじょう》を称えたウタになっている。反復部の「おもい　乞《こ》て　げらへ」は、神女「おもい」を招いて城を建てよと理解できる詞章である。*4「おもい」（「おもひ」）は、第五―二六〇や第十七―一二〇九他に神

*3　『久米具志川旧記』では、「きみまもの時」に「老若男女」は「きみまもの」に向かわず「がさす若按司」に向いたとある。また、「若按司」は人に勝れた「美男」であり、「讒言」により父に討たれることになるとある。

*4　〈乞う〉の接続形は、「乞《こ》うて」の表記が圧倒的である。本歌の「乞《こ》て」は異例であるが、成り立たない表記ではない。ただ、〈乞う〉対象は〈真南風〉〈追手〉といった風を〈乞う〉例がほとんどで、用例的には異例である。高橋俊三『おもろさうしの動詞の研究』武蔵野書院、一九九一年刊は、「おもい　こて」を〈思い込んで〉の可能性もあろうとしている。『辞典』は、「おもい」「おもひ」をオモロと解釈しているようだが、確定できる用例がない（第五―二五二の「思《おも》い」は接尾敬称語の「思《おも》い」であろう）。

や神女等を示す例があり、神女「おもい」を招いて、あるいは「おもい」の導きで築城にとりかかるというように解釈ができる。『由来記』巻十九「仲里城御嶽」の記述にある「ヲトチコハラ」（〔下女〕とあるが「堂村」の神女）が、（久米）中城按司を導いて中城グスクを築いた記事が想起される。

オモロには重複する用例を除くと、「かさす若《わか》てだ」の用例が六首、「かさすちやら」「かさす下垂《しちやた》りや」「若《わか》てだ」が一首ずつと、相当数謡われている。それらのオモロにでる地名は、第十一―六〇六（第二十一―一四二六）「名護《なご》の浜《はま》」（久米島町謝名堂の浜と考えられる）*5、第十一―六〇八（第二十一―一四二八）「奥武《あふ》の浜崎《はまさき》」（久米島町奥武）であり、いずれも宇根の近くの地名である。これを考えれば、「かさす若《わか》てだ」は真泊《まどまり》（久米島町真泊）辺りを拠点にした有力な領主だと想像される。「若《わか》てだ」が粟国島出身の妾腹の子であるというのは、「若《わか》てだ」が妾腹の子として疎《うと》まれる存在であったというよりも、「若《わか》てだ」が築城した「とんなはの嶺」が他の兄弟の拠点となる地（具志川城や中城城）とは違って粟国島の対岸の位置にあ

＊5　仲村昌尚『久米島の地名と民俗』同刊行委員会、一九九二年刊によれば、「ナゴー」という地名は「和（なご）」に由来する波穏やかな浜であり、久米島町謝名堂の北およそ六〇〇メートルある地名「ナゴーハ」と関連するかとし、ここは現在「低い丘陵地形で、凹地域に海蝕崖が見られ、往古において浅海の入江になっていたと思われる」と記している。『地名大辞典』も、かつての謝名堂の浜をいったのであろうとしている。

り、「若《わか》てだ」は真泊近辺を拠点にした英雄として、粟国島や渡名《とな》喜《き》島等を交易圏にしていたからではないか。第十三―九五四には、それを想像させる「かさす下垂《しちやた》りやがよ　四島《よしま》　寄《よ》せれ」、「船《ふな》このみ　しよわちへ／旅《たび》このみ　しよわちへ」（造船の企画をなさって／旅の企画をなさって）という詞章がある。「四島《よしま》」には粟国島が入っているのではないか。琉球国の行政区分名として、「久米方六ヵ間切」がある。これは久米島（具志川・仲里両間切）、慶良間《けらま》諸島（渡嘉敷・座間味両間切）、渡名喜《となき》島、粟国島である（『地名大系』）。「四島《よしま》」とは、久米島の二間切《まぎり》を除いた四つの「間切」をさしている可能性がある。オモロには父に恐れられ討たれるという「旧記」が描く「かさす若《わか》てだ」像は、窺《うかが》えない。*6 ただ、「旧記」が記す伝承とオモロを繋げてよめば、第十三―九五四には「下垂《しちやた》りやが　御弟者《みおとぢや》」があり、「旧記」が「若《わか》てだ」を一番末の弟とする記述と符合する。また、第二十一―一四二一他に「親《おや》より　企《この》で」という詞章もある。〈このむ〉は「方言」「クヌヌン　①考案する。立案する。計画する。②企てる。策謀する」という語であり、「親《おや》より　企《この》で」を父親以

*6 秋山紀子「かさす若按司の面影」（『おもろさうし精華抄』ひるぎ社、一九八七年刊所収）では、「心切《うらき》らしや　見欲《みぼ》しや」（悲しいほど見たくある）という反復部を持つ第十一―五七一（第二十一―一四二二）を故郷の粟国島に戻された「かさす若《わか》てだ」の母が、粟国島から息子「かさす若《わか》てだ」を思うウタと理解している。「離《はな》れ　居《お》る　吾《あん》は／海分《とわ》け　居《お》る　吾《あん》は」（離れている私は／海を隔てている私は）という表現は、「旧記」の記述を前提にすれば確かに粟国島から久米島にいる「若てだ」を思うウタとも読める。しかし、他にオモロには悲劇の英雄「かさす若《わか》てだ」を謡うウタがみられなく、「うち歩《あよ》み　見物《みもん》／群《ぶ》れ舞《ま》へが　見物《みもん》」（歩む様が見事だ／群れ舞う姿が見事だ）とする五七一の詞章は、「かさす若てだ」の勇姿《ゆうし》を謡った詞章と解するのが自然である。

上に考案してと理解すれば、「若《わか》てだ」が父親以上に築城や造船を考案した勝れた人というように解釈できる。オモロが謡う「若《わか》てだ」はここまでだが、「旧記」は君真物が父より先に勝れた「若《わか》てだ」に現れ、そのために父から恨《うら》まれて悲劇的な死を遂げるという記述に展開する。「旧記」の「かさす若《わか》ちやら」の記述はオモロをふまえて展開したように思われるが、両者の違いは祭式《さいしき》歌謡《かよう》としてのオモロと首里王府の勢力によって滅ぼされた久米島の支配者、いしきなわ一族を記す歴史伝承との違いということかもしれない。オモロと「旧記」の世界をもう少し繋げてよむと、「旧記」が記す「かさす若《わか》てだ」伝承には、首里王府によって滅ぼされた在地《ざいち》の英雄を慕《した》う久米島の人々の思いがかたちを変えてあらわれているように思われる。すなわち、「若てだ」は、外部からやって来たといういしきなわの一族というよりも在地の英雄の代表である堂《どう》の比屋《ひや》とともに、外部勢力に滅ぼされた側の人物として、語られているのではないかということである。オモロと「旧記」が描く「かさす若てだ」の大きな違いは、我々を様々な想像に駆り立てる。

〔09〕〈「子丑《ねうし》が時　神《かみ》が時／寅卯《とらう》の時　神《かみ》が時」―神が顕現《けんげん》する時間―〉

第十一―五九六（重複、第二十一―一四六三）

やふつよためかちへがふし
一子丑《ねうし》が時　神《かみ》が時
知《し》らたる　いちよか〳〵ころ達《た》
綾《あや》の御拍子《みやし》　打《う》ちよわちへ
神《かみ》は　待《ま》ただな
又寅卯《とらう》の時　神《かみ》が時
又今日《けお》の時よさは　神《かみ》（が）時
又なまの時よさは　神《かみ》が時

一午前一時頃の時間は神が現れるその時だ
〔知られている「いちよかか」（未詳語）の
男達は美しい鼓をお打ちさなって
神は〔お帰りになるのを〕待ってほしい〕
又午前五時頃の時間は神が現れるその時だ
又今日のこの時は神が現れるその時だ
又今のこの時は神が現れるその時だ

【鑑賞】「神《かみ》が時」とは、祭祀の場において神が顕現する時間、あるいは瞬間をいう。それは祭りによって、様々に異なると考えられる。ある場合には、来訪した神が姿を見せる時であり、人々とともに神遊びをする時であり、神が彼岸の世界に戻る時である。多くの神歌は、神送りのウタにこの表現が登場する。

冒頭の「神《かみ》が時」を、『辞典』は「神の出現する時」としている。

〈時〉という語には、「よい時節。盛りの時期」（『岩波古語辞典』）という意味があり、〈ときめく〉（よい時機《じき》に会って声望を得、優遇される）、〈ときめき〉（胸がどきどきすること）があるように、ある事柄・事象が顕現する意を持つ語である。久米島の神歌に「今日《けふ》の時」という用例が幾つかみられるのも、この語が祭祀の日のその時という祭りに臨《のぞ》んだ時間を示しているからである。[*1]「神《かみ》が時」は、神がその姿を顕現させるような時間を意味した語で、具体的には、神、すなわち神女が人々の前に降臨《こうりん》する時や祭りを終えて彼岸世界に帰る神遊《かみあそ》びの時、あるいは祭りの重要な場面の神遊びの時を意味した語であろう。この語はオモロでは実質一例だが、ウムイ（奄美諸島・沖縄本島諸島の神歌）の用例に「四　わぬがとき　なゆん（我が時になる）／五　かぬがとき　なゆん（神が時になる）／六　あきじなてむりら（蜻蛉になって戻ろう）／七　はべるなてむりら（蝶になって戻ろう）」等があって、これは神が蝶・蜻蛉《とんぼ》になって彼岸に戻ることを謡う神送《かみおく》りのウタである。[*2]「神《かみ》が時」という表現は他のウムイの用例も神送りのウタであり、本歌も神送りのオモロである可能性が高

＊1　『久米仲里旧記』『君南風由来并位階且公事』（『神道大系』）に入る「くいにや」や「おもろ」等。

＊2　『歌謡大成　沖縄篇上』所収のウムイ「二六六　マセーヌスー」座間味島。なお、ウタばかりではなく「稲二御祭公事」（『鎌倉芳太郎資料集　民俗・宗教』沖縄県立芸術大学附属研究所、二〇〇六年刊）にも祭りの最終部分の記述に「夜神之時過候ハゝせんふくり閉并御たむと御座取収候事」があって、これも神送りのあとを記した記事になっており、「神之時」は神送りを意味することが窺われる。

い。「神《かみ》は　待《ま》ただな」（神は待ってほしい）という表現も、彼岸に戻る神に対する一種の敬意、別れを惜しむ人の側の気持ちを表した表現だと考えることができる。*3「寅卯《とらう》の時」（午前五時前後）はまさに神が彼岸に戻る時間に相応しい。ただし、対句の「子丑《ねうし》が時」（午前一時前後）とはそれなりに時間的な隔《へだ》たりがある。「君手擦《きみてづ》りの百果報《もゝかほう》事《こと》」（〈11〉参照）という王府の祭儀を記したオモロの詞書きには、「丑《うし》の時」（午前一時前後）、「寅《とら》の時」（午前三時前後）に君（高級神女）が祭場に来臨した記事がある。それを考えると、「子丑《ねうし》が時」は神女を迎える時、あるいは祭りのクライマックスで神女が姿を現す時とも考えられる。そうならば、「神《かみ》は　待《ま》ただな」は神は待たずにすぐに現れてほしいという意になろう。いずれにしても、「神《かみ》が時」とは、神（神女）がその姿を表す時を意味し、「綾《あや》の御拍子《みやし》*4」に感応《かんのう》して神（神女）が姿を現す表現なのである。

「いちよか〳〵」は、未詳語である。『おもろさうし』では、一字の場合でも踊り字「〳〵」がよく使われる。したがって、「いちよかか」と理解される語であるが、重複するオモロでは踊り字が短く

*3　助詞「だな」は「本来打消の連用法であった。それが反語として使われる回数が多くなるに従って、文末部を省略するようになり、次第に意味的広がりをみせ、ついには、願望の終助詞のごとき用法が生じた」という語である（高橋俊三『おもろさうしの国語学的研究』武蔵野書院、一九九一年刊）。

*4　『混効験集』には「筵」とするが、「打《う》ちよわちへ」との繋がりから〈御拍子〉が妥当だと考える。「拍子《ひやし》」の用例の多くは〈打つ〉に繋がり、一部に〈みおやす〉（奉る）に繋がる用例があっても、〈打つ〉が略された例であることが、例えば第二一―七一「百浦《もゝうら》　添《そ》わる　拍子《ひやし》　打《う》ちちへ　みおやせ」（多くの集落を守る拍子を打って奉れ）で知れる。「拍子《ひやし》」は、鼓の拍子をいう用例が多い。他に手拍子や鈸《ばち》等の金属楽器による拍子も考えられる。「御拍子《みやし》」は「拍子《ひやし》」に「御《み》」が付いた語で、なんらかの特別

「く」とも読め、「いちよかく」とも考えられる。『辞典』は伊平屋島のミセゼル（沖縄諸島の唱えごと）にでる「大てだ」（大太陽）との対句「いちよこ」と関連する語と考え、「勝れた人の意らしい」としている。ミセゼルには「てるかは」（太陽を神格的に捉えた語）との対語例もあり、「いちよこ」は「てだいちろ子《く》」（第五―二二二他）の「いちろ子《く》」との関連も考えられる。これと「いちよかく」は関係しそうである。「ころ達《た》」（男達）には、通常は「打《う》ちよわちへ」（お打ちさなって）という敬語表現は使われない。[*5] 敬語表現が出るのは、「いちよかく」の語義《ごぎ》が敬語を使うべき意味の語だと推定される。おそらく、村落の祭祀を取り仕切る男性神役達を意味する語であろう。「ころ達《た》」が「綾《あや》の御拍子《みやし》」をお打ちなさると神が感応して、姿を現すのである。「時よさ」の「よさ」も正確には未詳語である。『辞典』では、「時良さ」として「良い時」としている。実質本例のみ。「よさ」は、「時」に付く接尾辞《せつびじ》で、「時」の持つ臨場性《りんじょうせい》を表す言葉ではないか。このような語には、外に「明《あ》けとま」（夜明けのその時、明け方、第一―三四他）の「とま」がある。

な「拍子《ひやし》」であろう。

＊5 「ころ」は、「聞書」に「男也」「百姓男之通称《ショウ》也 フムル（誉める）也」という語。男性を表す美称語。「た」は複数〈達〉をいう。

参考文献
池宮正治「祭儀の時間」（『おもろさうし精華抄』）、田畑千秋「祭祀の場における時空間の遡及」（『南島口承文芸研究叙説』第一書房、二〇〇五年刊）、高梨一美「おもろみひやし考―オモロの芸能的研究」（『沖縄の「かみんちゅ」たち』岩田書院、二〇〇九年刊）。

〔10〕〈「夏《なつ》は　しげち　盛《も》る／冬《ふゆ》は　御酒《さけ》　盛《も》る」―夏と冬、琉球の二つの季節―〉

第十二―六七一（重複、第十五―一〇六九）

きみがなしがふし
一伊祖《ゐそ》の戦思《いくさも》ひ
月の数《かず》　遊《あす》び立《た》ち
十百年《ともゝと》　若《わか》てだ　栄《は》やせ
又いぢき戦思《いくさめ》い
又夏《なつ》は　しげち　盛《も》る
又冬《ふゆ》は　御酒《さけ》　盛《も》る

一伊祖の戦思いは
〈月毎に神遊びをして
永遠に若てだを引き立てよ〉
又器量勝れる戦思いは
又夏は神酒を盛る
又冬は御酒を盛る

【鑑賞】夏と冬は、琉球の二つの季節をいう語である。オモロには春にあたる語に「おれつむ」（ウリズン）があるが、秋にあたる季節をいう語はない。本歌は二つの季節を「しけち」（神酒）と「御酒《さけ》」（泡盛）であらわしている。それによって、「戦《いく》思《も》ひ」が支配する土地の豊かな実りと富を謡っている。

近世期に編纂《へんさん》されたと推定される『天理本琉歌集』に「英祖王御代之歌」と注が付いて、本歌を琉歌《りゅうか》にした「ゐそのいくさもい　夏

過ち冬や　御酒もてよらて　あすひみしようち」（英祖王は夏を過ぎて冬までも、御酒を盛って寄り合ってお遊びなさっている）がある。[*1]『天理本琉歌集』は、「ゑそのいくさもい」を琉球の三代目の王統、英祖王統の初代英祖王と理解している。「聞書」にも重複する第十五―一〇六九の「伊祖《ゑそ》の戦思《いくさも》い」に「恵祖てだの幼少の御名なり」とある。また、『大島筆記』（一七六二年）の「附録」にもこの琉歌が入っており、それの冒頭に「これは至て久しき曲のよし」と記されている。[*2]これも『天理本琉歌集』の注と同じ理解があったと思われる。少なくとも、「聞書」が付く『おもろさうし』再編纂（一七一〇年）の頃には、「伊祖《ゑそ》の戦思《いくさも》ひ」を英祖王とする理解があったと思われる。この理解は広く知られ、伊波普猷『おもろさうし選釈』や東恩納《ひがしおんな》寛惇《かんじゅん》『琉球人名考』[*3]、『辞典』の理解もこれを英祖王とするが、このオモロが、第十五にも入っていることから「ゑそ」は浦添の伊祖であって、必ずしも英祖王に特定される人物ではなく伊祖地域の領主というほどの英雄だろう。オモロは、基本的に英祖王統まで遡《さかのぼ》るような古い時代の人物を謡ってはいない。「戦《いくさ》」は、一般的

*1　『天理本琉歌集』（『歌謡大成　沖縄篇下』所収）。ちなみに、琉歌の「夏過ち冬や　御酒もてよらて」は、「しけち」の意味が忘れられて、「夏過ち」というような理解になったと思われる。

*2　拙論「『大島筆記』附録所収の「琉球歌」」『立正大学人文科学研究所年報』第四十七号、立正大学人文科学研究所、二〇一〇年刊。

*3　伊波普猷『琉球聖典　おもろさうし選釈』（石塚書店、一九二四年刊、『伊波普猷全集』第六巻、平凡社、一九七五年刊所収）、東恩納寛惇『琉球人名考　附位階制度』（郷土研究社、一九二五年刊、『東恩納寛惇全集』第六巻、第一書房、一九七九年刊所収）。

な童名のひとつで体が頑強な意か。「思ひ」は、人名に下接する美称語である。*4「いぢき」は、「聞書」に「勝也」「器量勝たると云なり」等があり、勝れるという意の語である。*5

「しげち」は、『混効験集』に「酒之事」、「聞書」に「神酒なり」等がある。多くは本歌のように「御酒《さけ》」との対語をとるが、第八―四四八に「真神酒《まみき》」と対語を作る用例があり、反復部も本歌と同じ表現がでる。「しけち」は、神酒を意味した語だと考えられる。「方言」に「シズチ　しとぎ。米の粉で作った長卵形の餅」があるが、これも関係するか。一方、「さけ」は「方言」に「サキ　酒。普通は泡盛をさす」とあるように、「泡盛《あわもり》」等をいう語で神酒とは区別される。ただし、オモロが盛んに謡われた十五・六世紀に泡盛が琉球で本格的に造られていたかどうかは分からない。「御酒《さけ》」は、東南アジアや中国から渡来した高価な酒をいった可能性が高い。「夏《なつ》は　しげち　盛《も》る／冬《ふゆ》は　御酒《さけ》　盛《も》る」とは、「夏《なつ》」は収穫した米により神酒を作って神祭りをし、「冬《ふゆ》」は渡来した高価な酒により神祭りをするという年間を通した豊かさを謡っている表現と理解し

*4 「伊祖《ゐそ》の戦思《いくさも》ひの」対句は、「いぢき戦思《いくさめ》い」である。重複の一〇六九は「いぢへき戦思《いくさも》い」であり、こちらが表記としては正しい。

*5 『辞典』には「いぢへき」は「心身ともに精のみなぎることを表す「イヂチーン」という言葉が」あり、それの「原初的な意味」を持つ語としている。

た方がよいのではないか。同時にそれは、「しげち」と「御酒《さけ》」が、琉球の二つの季節、「夏」と「冬」を表していることにもなる。「夏」が実りの季節であることは、本歌と同じ表現「夏《なつ》は　しげち盛《も》る／冬《ふゆ》は　御酒《さけ》　盛《も》る」がでる第十一―六四三の反復部が「月の数《かず》　夏《なつ》の様《や》に　歓《あま》へる　清《きよ》らや」（毎月が夏の様に喜べるすばらしさよ）でも分かる。*6 また、第十五―一〇九二に「一聞《きこ》ゑ棚原《たなばる》に　夏《なつ》　冬《ふよ》む判《わか》らず　歓《あま》へて　しげちぢよ　盛《も》り居《よ》る」（名高い棚原に夏冬も区別なく喜んで神酒をぞ盛っているのだ）があるが、これは「夏《なつ》は　しげち盛《も》る／冬《ふゆ》は　御酒《さけ》　盛《も》る」を前提にした表現で、一年中、神酒が造れる豊かな実りを強調した表現である。

「若てだ」は、「伊祖《ゑそ》の戦思《いくさも》ひ」をいっている。「若」は、年齢的な若さというよりも生命力、霊的な力の漲ることをいう。「しげち盛《も》る」が、「伊祖《ゑそ》の戦思《いくさも》ひ」の生命力、霊的力を象徴し、「御酒《さけ》　盛《も》る」が「伊祖《ゑそ》の戦思《いくさも》ひ」の富を表している。「十百年《ともゝと》　若《わか》てだ　栄《は》やせ」は、その「若《わか》てだ」（「戦思《いくさも》ひ」）をいつまでも引き立てよと称えている。*7

*6 『琉歌百控』（『歌謡大成　沖縄篇下』）にも「稲の穂や真積　麦の穂や苅よれ　夏と二三月や　慶喜誇ゑ」（稲の穂を真積みにし麦の穂を苅れ、夏と二三月の季節は嬉しく喜ばしい）があり、稲の収穫期を夏、麦の収穫期を二三月（「ウリズン」）という季節）と歌っている。

*7 「栄《は》やせ」は、〈栄やす〉の命令形で『辞典』は「囃して盛んにする」とあるが、琉球語に即せば〈栄やす〉は「フェーシュン　①囃す。②染物の色揚げをする。さらに染め上げる。③栄やす。みがく。みがいて光らせる。とぐ」（「方言」）である。生命力、霊的力、あるいは富が増し、引き揚がるという意である。

参考文献
池宮正治「酒と土地と太陽《てだ》的人物」（『おもろさうし精華抄』）。萩尾俊章『泡盛の文化誌　沖縄の酒をめぐる歴史と民俗』ボーダーインク、二〇〇四年刊。

〔11〕〈「君手擦り《きみてづ》　間遠さ《まどう》／見物遊び《みものあす》　間遠さ《まどう》」―王の御事（御言葉）、詞書きを持つオモロ―〉

第十二―七四〇

万暦三十五年丁未の年君手擦り《きみてづ》の
百果報事《もゝかほうごと》の時に十月十日己《つちのと》の巳《み》の日《へ》の
丑《うし》の時に聞得大君《きこゑぎみ》のみ御前《まへ》より給申候
あおりやへがふし
一聞得《きこゑ》大君《ぎみ》ぎや
　さしふ　降《お》れ直《なお》ちへ
按司襲《あぢおそ》いしよ
十百末《ともゝすゑ》　精《すへ》　勝《まさ》て　ちよわれ
又鳴響《とよ》む精高子《せだかこ》が
　むつき　降《お》れ相応《ふさ》て
又いけな君《ぎみ》　集《あと》へて

万暦三十五年（一六〇七）丁未の年の君手擦りの
百果報事の時に、十月十日己の巳の日の丑の時
（午前二時）に聞得大君様から下され申し上げます
一聞得大君（の神霊）が
　さしふに正しく降りて
〔国王こそは
　永遠に霊力が勝ってましますのだ〕
又名高い精高子（の神霊）が
　むつきに相応しく降りて
又いけな君を集めて

成《な》り子《きよ》　揃《そろ》へて
又按司襲《あんじおそ》いぎや御事《おこと》
王《わう》にせが御事《おこと》
又年《とし》　八年《とせ》　成《な》るぎやめ
吉日《ゑか》　八年《とせ》　成《な》るぎやめ
又君手擦《きみてづ》り　間遠《まどう》さ
見物遊《みものあす》び　間遠《まどう》さ
又大ころ達《た》　集《あと》へて
もりやへ子達《こた》　揃《そろ》へて
又君《きみ》いきよい　実《げ》に　有《あ》れ
神使《かみつか》い　だに　有《あ》れ
又赤口《あかぐちや》が　結《よ》い付《つ》き
てだ神達《がみたち》　鳴《と》響《よ》で

成り子を揃えて
又国王の御言葉は
王にせの御言葉は
又年が八年になるまで
吉日が八年になるまで
又君手擦り（祭祀の美称語）が長い間ない
みごとな神遊びが長い間ない
又大ころ達（高官）を集めて
もりやへ子達（高官）を揃えて
又君いきよい（未詳語）が実にあれ
神の招待が誠にあれ
又火の神がとり結んで
てだ神達が轟いて

又照《て》るかはむ　誇《ほこ》て
いちろ子《こ》む　誇《ほこ》て

又照るかは（日神）も喜んで
いちろ子（日神）も喜んで

【鑑賞】「君《きみ》手《て》擦《づ》り百《もゝ》果《か》報《ほう》事《ごと》」とは、王権を強化するための祭祀だと考えられる。本歌は、島津侵略（一六〇九）の直前の「万暦三十五年」（一六〇七）に行われた「君《きみ》手《て》擦《づ》り百《もゝ》果《か》報《ほう》事《ごと》」の際のオモロである。尚寧王が自らのヲナリ神（君君）にこの祭祀を要請して、国難を乗り越えようとしたのである。

本歌には、詞書《ことばが》きが付く。本歌のように神女「より給申候」とある詞書きは、どれも「君手擦《きみてづ》りの百果報事《もゝかほうごと》」（以下、「君手擦《きみてづ》り」とする）が記された詞書きで、『おもろさうし』には重複も含めて十四箇所に付く。＊1 最も多く付く巻は本歌が入る第十二の九箇所で、第十二には六九四・六九五に「嘉靖《かせい》廿四年」（一五四五）、七三二・七三三に「嘉靖廿八年」（一五四九）、七三五・七三六に「万暦《ばんれき》六年」（一五七八）、七三九に「万暦十五年」（一五八七）、七四〇・七四三に「万暦三十五年」（一六〇七）の年号が記される詞書きが、年代順に並んでいる。第十二は「色々《いろく》の遊《あす》びおもろ御双紙《さうし》」である。神女が国王に霊的力を付与して王権を強化する儀礼と考えられる「君手擦《きみてづ》り」は、正しく「遊《あす》

＊1　外に第十三に国王がかかわる二箇所の詞書きがある。七六二に尚真王が「正徳十二年」（一五一七）に「せぢ新富《あらとみ》」（船名）を「真南蛮《まなばん》」に派遣した時に「御み手《て》づから召《め》され候ゑと」とする詞書き、七六三には「嘉靖三十二年」（一五五三）の「屋良座杜の野祓い」（那覇港の入り口を防備する屋良座杜城《ぐすく》の竣工式《しゆんこうしき》）の神事に尚清王が命令してヱトオモロを作らせたという詞書きがある。この外に第二十二「みおやだいりおもろ御双紙《さうし》」には、「みおやだいり」（公事）の場を記した詞書きが付く。なお、第十三―八

び」（神遊び＝神事）である。「君手擦《きみてづ》り」の詞書きは、本来、第十二を中心に付いていたと考えられる。

「万暦三十五年」の「君手擦《きみてづ》り」は、二年後にある島津侵攻を目前にした緊張の中で国王のヲナリ神である君々の力によって国王に霊的力を付与して王権を強化し、島津からの脅威に対抗しようとした神事だと考えられる。*2 本歌の次の七四一は、国王の立場から「君《きみ》手擦《てづ》り」を謡ったオモロ、七四二は聞得大君に次ぐ地位にあると考えられる神女、煽《あお》りやへが謡ったオモロである。七四三にも五日後の「十月十五日」の同時刻（「丑の時」）に「君手擦《きみてづ》りの百果報事《もゝかほうごと》」があって、「差笠《さすかさ》のみ御前首里《まへしより》大君《きみ》のみ御前精《まへせ》ん君《きみ》のみ御前《まへ》より給申候」とする詞書きがある。順番に七四三は差笠、七四四は首里大君、七四五は精の君のオモロが続く。この聞得大君から精の君へと続く神女の順序は、神格《しんかく》の順位が反映している。時の聞得大君は前王尚永の「二の姫君」「月嶺」、煽りやへは尚永の長女「蘭叢」で寧王の妃、差笠は尚永《しょうえい》の妃「坤功」、首里大君は永王の兄弟で寧王の「御母」「一枝」であり、精の君は聞得大君の「月嶺」の娘と思われ

九二にも尚寧王を待ちわびる王妃が作ったとする詞書きが安仁屋本系の『おもろさうし』に付くが、これは再編纂以降に付いた詞書きである。

＊2 島津と琉球が対立をすることになったきっかけは、一五七〇年に新たに襲位した島津義久が派遣した使僧雪岑の対応をめぐる事件であったといわれるが、大きくは琉球の宗主国であった明の弱体化、それと連動する明の海禁政策の形骸化に伴う琉球国の中継貿易の低迷、さらに東南アジアに進出してきたポルトガルによる琉球の海外交易の不振等がある。その一方で、長い動乱の時代を経て成立した強力な徳川将軍を頂点とする日本の封建国家体制が確立し、琉球国が東アジアの新たな秩序のなかに組み込まれざるを得なくなった情勢の変化がある。一六〇六年には、琉球の宗主国である明からの尚寧王襲封の冊封《さくほう》使節一行が来琉して、一時的ではあるが島津の侵攻は回避さ

る。本歌以下の六首は、前王にかかわる女性達で尚寧王のヲナリ神達が謡うオモロである。これらの神女達によって「君手擦《きみてづ》り」が行われ、オモロを謡って国王に霊的力を付与し、国難を凌《しの》ごうとしたのである。

「聞得《きこゑ》大君《ぎみ》ぎや　さしふ　降《お》れ直《なお》ちへ／鳴響《とよ》む精高子《せだかこ》が　むつき降《お》れ相応《ふさ》て」は、聞得大君・鳴響む精高子の神霊《しんれい》が「さしふ／むつき」に、正しく降りてという意。「さしふ」は、『混効験集』の「さしぼ」の項に「くでの事也。又くでとは〔託〕女の事也。今神人と云是なり」とある。「くで」は「ウクディ　一門の中の、神に仕える人。クディともいう」、「今神人と云う」とある「神人」は「カミンチュ　神に仕える人」（以上、「方言」）である。『混効験集の研究』では、「さしぼ」は「神が憑依したもの。「さし」は神が付く意。「ぼ」は「もの」の転」、同じく「むつき」を「物憑き。霊力（もの）が着く人、着いた人」としている。聞得大君をはじめとする高級神女は、みずからは憑依《ひょうい》せず、それぞれの神霊《しんれい》が憑《つ》く霊能者的《れいのうしゃてき》神女「さしふ／むつき」がいたようで、七三八には「一首里《しょり》大君《きみ》ぎや

れていたが、その年の十月に冊封使節が帰国した後は、再び琉球に島津侵攻の危機が迫ったのである。「君手《きみて》擦《づ》り」は、十月である。ちょうど、冊封使節が琉球を去った一年後にこの神事が行われた。なお、〔03〕は島津の侵略を聞得大君が呪詛するオモロである。

さしふ　選《あら》で　降《お》れわちへ」（首里大君がさしふを選んでお降りさなって）という用例がある。*3「いけな君《ぎみ》　集《あと》へて／成《な》り子《きよ》　揃《そろ》へて」は、神霊がさしふ・むつきに依り憑いてこの世に顕現した聞得大君をはじめとする神女達が集まってという意。「いけな君《ぎみ》」を『混効験集』は「神の名なり」としており、「聞書」は「いけな」を「勝ル世界也」等としている。合わせて考えると、「いけな」はさしふ・むつきに君々の神霊が憑いた神女達（君やさしふ等）が、人々の前に現れた状態を意味した語だと考えられる。本歌のように聞得大君が冒頭にでて、さしふ・むつきが登場するタイプのオモロは、それを「いけな君《ぎみ》／成《な》り子君《きよぎみ》」とする場合が多く（本歌は「成《な》り子《きよ》」だが）、外の高級神女が冒頭にでる場合は、単に「いけな／成《な》り子《きよ》」となることが多い。「君」という語の有無《うむ》の違いは、最高神である聞得大君の神格が反映している。「集《あと》へて」は、『混効験集』や「聞書」に「集て也」とある語。「按司《あんじ》襲《おそ》いぎや御事《おこと》／王《わう》にせが御事《おこと》」は、国王の御言葉、命令の意。「按司《あんじ》襲《おそ》い」は、〈按司〉に接尾敬称語《せつびけいしようご》〈襲い〉が付いた語で、多くは国王を意味する。「王にせ」は対語。「にせ」

*3　村落（久高島）の神歌「ティルル」（『歌謡大成　沖縄篇上』）では、「さしふ」は憑依を専門とする神女ではなく村落の上級の神女達をいう語としてある。すなわち、王府にあっては、君々は司祭的な役割が強くなり、霊能者的な役割を「さしふ」に分化している。なお、「伊平屋の阿母嘉那志」（伊平屋の最高神女）の祭祀を記した史料『女官御双紙』下巻（『神道大系』）にも「さしふ」がでる。用例は「あむかなし、二かや田弐人、伊是名のろくもい、掟神、さしふ五人、すへて十人」というものだが、「さしふ五人」は「あむかなし」以下の五人の神女と人数が重なる。これは、偶然なのか。もし、それぞれに対応した「さしふ」であるならば、興味深い。

は、通説がいう〈二才〉を語義とした語ではなく語義不詳。「按司《あぢ》にせ」「世掛《が》けにせ」等の用例を持つ男性をあらわす語に付く接尾敬称辞。神女の接尾敬称辞と考えられる「にしや」（「神《かみ》にしや」「のろにしや」等）があるが、これと対をなす語だと思われる。「御事《おこと》」は、『混効験集』に「御言葉也」、「聞書」に「思事也」とある。「年《とし》　八年《とせ》　成《な》るぎやめ／吉日《ゑか》　八年《とせ》　成《な》るぎやめ」「君手擦《きみてづ》り　間遠《まどう》さ／見物《みもの》遊《あす》び　間遠《まどう》さ」は、国王の「御事《おこと》」の内容で、八年もの間、神祭りが行われていないという意。「ぎやめ」はまで（副助詞）の意、現在の首里方言にはない。「君手擦《きみてづ》り」は、「聞書」に「御拝の事」とある。君（神女）が祈る意、あるいは君を拝《おが》む意。「見物遊《みものあす》び」はその対語で、みごとな神遊びの意。〈見物〉は「見物橋《みものばし》」「見物屛風《みものみやふ》」等、接頭美称語の用例が多数ある。*4「君手擦《きみてづ》り」の対語には、「神使《かみつか》い（へ）」（神を招くこと）がある。「間遠《まどう》さ」は、「聞書」に「間ノ有ル事」とあり、「間遠《まどう》さ」の対語には「珍《めづ》らしや」（新鮮な美しさ）がある。この語には、待望する気持ちが含まれる。注目すべきは、「年《とし》　八年《とせ》」から「見物遊《みものあす》び　間遠《まどう》さ」までと類似した表現が、第十二―

*4　〈見物〉は仲宗根政善『今帰仁方言辞典』角川書店、一九八三年刊によれば、「ミームン　見物。演劇・相撲・競馬など動的なもので心を動かすものをいう。静的なものにはいわない。静的なものは、ウガングトゥーという」と記している。これに従えば、「遊《あす》び」は「動的なもので心を動かすもの」ということになり、動きのある舞いや踊りを伴っていたのか。「ウガングトゥー」は「見てすばらしいこと。見て非常にすぐれて立派なこと。壮観。みごと。見事な行事や催し物」とある。

六九四にもあることである。この表現がでる二首に共通するのは、いずれも同じ月の数日後に連続して行われる「君手擦り《きみてづり》」のオモロであり、しかも、そのうちの最初の「君手擦り《きみてづり》」で謡われるオモロであることである。つまり、この表現は五日後にある「君手擦り《きみてづり》」を行う国王の「御事《おこと》」（御言葉・御命令）を示して始まる神迎《かみむか》えの表現、男性が祭りの準備をして神（神女）を招くという祭祀の叙事と理解できる表現である。「君手擦り《きみてづり》」はそれを受けて聞得大君が来臨して始まるが、ここに国王と聞得大君をはじめとする神女との関係が窺える。宗教的には君々は国王を霊的に守護するヲナリ神であるが、制度的には大阿母《おおあも》やノロの辞令書（『神道大系』）があるように国王は神女の任命権者として存在する。つまりは、「君手擦り《きみてづり》」は国王の要請によって始まるのである。

　以下の「又大ころ達《た》　集《あと》へて　もりやへ子達《こた》　揃《そろ》へて　又君《きみ》いきよい　実《げ》に　有《あ》れ　神使《かみつか》い　だに　有《あ》れ」は、国王が高官を呼び揃えて「君手擦り《きみてづり》」の準備をさせる意である。「大ころ達《た》／もりやへ子達《こた》」は、上級の官人（〈01〉参照）。「君《きみ》いきよい」は語義不詳だが、「いきよい」には「行也」という「聞書」がある。久米島の神歌（「4〈大雨乞之時〉かういにや」『歌謡大成　沖縄篇上』）には、「いきよい／手ぐい」の対句がある。これからすると、〈い乞い〉（「い」は接頭辞。「手ぐい」は〈手乞い〉）の可能性も考えられる。「神使《かみつか》い」は、君を招待すること。「使《つか》い」は、「方言」「チィケー　①使い。使者の意。用事の意はない。②招き。招待」で、②の意味。「げに」「だに」は対語。「げに」は、『混効験集』、「聞書」とも「実に」とある。「だに」は『混効験集』に「誠にと云。げにもと云心にも叶」、『辞典』は「「げに」と併用《へいよう》される純然たる副詞で、国語の「だに（助詞）」とは文法的機能が違う」とある。「赤口《あかぐちや》が　結《よ》い付《つ》き」は、国王の意志を火の神がとり結んでの意。「赤口《あかぐちや》」は「聞書」に「火神也」等とある。「方言」にも、「アカグチャーメー　フィヌカン（火の神）の異称。赤い口をした尊いお方の意」とある。[*5]「赤口《あかぐちや》」の対語は「ぜるまゝ」だが、「ぜるまゝ」の「ぜる」は「方言」「ヂール　①炉」である。火の神は、人の祈りを仲介して異界《いかい》へ届ける役目をすると考えられる。「てだ神達《がみたち》　鳴響《とよ》で」は、火の神を仲介し

*5　第十二―七二七には、「赤口《あかぐちや》」の対語と思われる「てだが口《ごち》」がある。

た祈りが「てだ神達《がみたち》」に届き「てだ神達《がみたち》」がそれに「鳴響《とよ》で」（轟いて）というふうに感応している様子の意。「鳴響《とよ》で」は本来、音の響き、ざわめきといった意味があり、ここはそれがよく表れている例である。第三―一〇八に「又赤口《あかぐちゃ》が　結《よ》い付《つ》き　おぼつ嶽《たけ》　鳴響《とよ》で」がある。これをふまえれば、「てだ神達《がみたち》」は「おぼつ嶽《たけ》」にいる神達ということになり、次にでる「照《て》るかは／いちろ子《こ》」との関係が問題になる。「てだ神達《がみたち》」が「おぼつ嶽《たけ》」にいる神達であれば、この神達は「おぼつ」に赴《おもむ》いた神女達であるとも考えられる。*6「照《て》るかはむ　誇《ほこ》て／いちろ子《こ》む　誇《ほこ》て」は、祈りが届いて「君手擦《きみてづ》り」神事が始まることを日神も喜んでという意。「いちろ子《こ》」は、第十―五一二他「てだいちろ子《く》／てだはちろ子《く》」、第七―三四五他「てだが御差《おざ》し／いちろ御差《おざ》し」（日神のご命令）があり、「照《て》るかは」の異称か。*7最後になったが、反復部「按司襲《あぢおそ》いしよ　十百末《ともゝすゑ》　精《すへ》　勝《まさ》て　ちよわれ」は、聞得大君を代表とする君々により国王に霊的力を付し、国王の永遠なる繁栄を言祝《ことほ》いでいる意。「しよ」は係助詞、「ちよわれ」（已然形）は結びになっている。

*6 なお、「てだ神達《がみたち》」は本例のみ。「達《たち》」は、通常「達《た》」で、「達《た》」が「達《たち》」とあるのも本例のみである。

*7 伊是名島の神歌（ミセゼル）に「大てた／いちよこ」の対語がある。「いちろ子《こ》」はこの「いちよこ」だと思われる。なお「いちろ子《こ》」は「いぢろ子《こ》」の可能性もある。少なくとも、『辞典』がいう「一郎子」ではない。「一郎子」であれば、表記は「いちらこ」となるはずである。

参考文献

拙論「古琉球末期のオモロ、尚寧王の君手擦り百果報事を中心に」。

〔12〕〈「羽打《はねう》ちする小隼《こはいぶさ》　孵《すだ》ちへ」―鳥に譬えられる船―〉

第十三―七六〇（重複、第二十二―一五四九）

しよりゑとのふし

一首里《しより》　おわる　てだ子《こ》が
接《は》ぢやの細工《さいく》　集《あと》ゑて
羽打《はねう》ちする小隼《こはいぶさ》　孵《すだ》ちへ
又ぐすく　おわる　てだ子《こ》が

一首里城におられる国王が
〔船作りの大工を集めて
羽ばたく小隼を孵化させて（進水させて）〕
又首里城におられる国王が

【鑑賞】オモロは、船を「羽打《はねう》ちする小隼《こはいぶさ》」と鳥のイメージで謡う。「孵《すだ》ちへ」も卵が孵化することをいう語であり、船の進水を「羽打《はねう》ち」「孵《すだ》ちへ」と鳥のイメージで謡うのである。本歌は国王が船大工を集めて船を造ったことが謡われているが、おそらく渡唐船儀礼にかかわる場で謡われたオモロであろう。

「方言」で「ウグシィク」（御城）は、首里城をさす。「首里《しより》／ぐすく」の対句例は多く、*1オモロでは単に「ぐすく」は首里城をさすことが多い。「てだ子《こ》」は「聞書」が「首里天がなしの御事」、『混効験集』が「帝の御事」とする語で国王を意味する。「おわる」は、

*1　他の〈首里〉の対句は〈御前〉（第五―二六六、第十三―八八八）で、〈御前〉は国王を意味すると思われる。

「聞書」に「御座するなり」という注が付く語。〈有り〉〈居り〉〈来〉の尊敬語であり、〈おわす〉がラ行化した語。「てだ」は「方言」で太陽（ティーダ）を意味し領主をもいう語で、オモロでも「首里のてだ」（第五―二一二）、「勝連《かつれん》のてだ」（第十六―一一三六）等、国王を含む用例を持つが、「てだ」に接尾敬称辞「子《こ》」が付いた「てだ子《こ》」は、すべて国王を意味する語である。これは、〈按司〉が国王を含む領主一般を示すのに対し、接尾敬称語〈襲い〉が付いた〈按司襲い〉になると多くが国王をさす語になるように、接尾語（接尾辞）が付くことで語の格が高くなるのである。「てだ子《こ》」は神女オモロに用例はなく、第五や第十三等に用例が集中する。第五は、第八についで集中してオモロ歌唱者《かしようしや》が登場する巻で、「てだ子《こ》」の用例にオモロ歌唱者「おぎやかへと思《も》い／おぎやか精継《しひつ》ぎ」（第五―二七八）が登場することから、「てだ子《こ》」は男性であるオモロ歌唱者が国王を謡う語であると考えられる。「首里《しより》　おわる　てだ子《こ》／ぐすく　おわる　てだ子《こ》」は一連の常套的な表現で、*2第十三のオモロに多くでる。内容も本歌と同様、造船や航海等の船にかかわ

*2　この表現と対応しているのは、神女オモロ等を中心としてでる「首《しよ》里杜《りもり》　ちよわる　吾《あ》が成《な》さい子王《きよわう》にせ／真玉杜《まだまもり》　ちよわる　吾《あ》が成《な》さい子王《きよわう》にせ」（第六―二九六他）等の〈首里杜／真玉杜〉＋〈ちよわる〉＋〈国王〉という表現である。国王を意味する語には、神女オモロと歌唱者オモロ双方に共通してでる語〈按司襲い〉がある一方、それぞれのオモロにしか用例がない語があり、担い手により謡われる語に大きな違いがある。なお、〈おわる〉は八重山方言の「オールン」に繋がるが、〈ちよわる〉は現在の方言に繋がらなく、オモロ以外にほとんど用例を持たない特殊な語である。〈ちよわる〉は、〈おわる〉より格の高い特殊な敬語である。

るウタが多い。それらはおそらく、首里城での唐船儀礼《とうせんぎれい》の場で謡われたのではないか。「接《は》ぢやの細工《さいく》」の「接《は》ぢや」は、〈接ぎや〉(「や」は、〜する者という意)の口蓋化《こうがいか》した語。〈接《は》ぐ〉は「ハジュン(船などを)作る」(『方言』)の意。『混効験集』も「はぎちへ」(接ぎ手)を「船はぎ細工也」とする。「細工《さいく》」は、「方言」で「シェーク大工。職人。工人。大工の棟梁をデークという」であり、本歌では船大工の意。本歌の重複オモロ(第二十二—一五四九)は「昔神世に百浦添御普請御祝ひの時」に謡うウタとするが、オモロの〈接ぐ〉はすべて造船にかかわる用例(第十三—九一〇「接《は》ぎ浮《う》けたる」等)であり、築城を内容とするウタではない。重複歌は、造船儀礼歌・航海儀礼歌を築城儀礼歌に転用したのか。あるいは、重複オモロの次のオモロ(第二十三—一五五〇)の詞書き「唐船すら下《お》るし又御茶飯之時」の「唐船すら下《お》るし」は、本来一五四九に付いた詞書きだったかもしれない。「集《あと》ゑて」は、『混効験集』に「集てなり」とある。対句の用例に、「揃《そろ》へて」(第十二—六九四他)がある。

「羽打《はねう》ちする小隼《こはいぶさ》　孵《すだ》ちへ」は、船出する船を表現している。オ

*3　八重山の郷土史家である喜舎場永珣は「爬龍船の神事—黒島—」(『八重山民俗誌　民俗篇』上巻、沖縄タイムス社、一九七七年刊)で、爬龍船が入場する際は「ペンサー」の歌(ペンサーは隼の意)を勇ましく謡うとして、ペンサーが爬龍船を「象徴したものだと古老等は伝えている」と記し、首里王府から派遣された高官(在番)が乗船する船を「親《おや》鷲《ばしい》」という鷲の名を異名にしたりすると述べている。

*4　「方言」の「高貴の人が子を生むことをもいう」という用例は、オモロの第十五—一〇七〇「聞《きこ》ゑおわもりが　按司《あぢ》　下司《げす》　孵《すだ》しやり　ちよ

モロでは、船名に「鷲《わし》が舞合《まや》いとみ」（「とみ」は船舶の下に付ける丸にあたる語、第十三―七八七）があり、第三―一〇五に「聞得大君《きこゑぎみ》ぎや 撫《な》でゝおちやる御隼《みやぶさ》 鳴響《とよ》まちへ 降《お》るしよわ」（聞得大君が慈しみ育てた御隼〈船名〉を轟かして浜に降ろしなされ）という表現があって、船を鷲や隼等の猛禽類《もうきんるい》で表現している。*3「孵《すだ》ちへ」は〈すだす〉の接続形だが、〈すだす〉は「方言」では「シィダシュン 卵をかえす。孵化する。高貴の人が子を生むことをもいう」意の語である。*4「羽打《はねう》ちする」以下は、船出する船を卵から孵《かえ》って羽ばたく隼として表現している。鳥の中でも猛禽類が船と重ねられるのは、猛禽類は霊鳥でもあり（〔15〕参照）、これの勢いよく飛翔、滑空する姿が、船の理想的な航行と重なるからである。第十三―九〇八等に「浦鳴《うらと》響《よ》む羽打《はねう》ちとみ 孵《すだ》ちへ」（集落に鳴り轟く羽打ちとみが船出して）という類似した表現がある。〈羽打ち〉は、羽ばたき、船が勢いよく走り出す表現で、第十三―九二四に「羽打《はねう》ちしちへ 走《は》り居《よ》る 清《きよ》らや」（羽ばたき勢いよく走っているすばらしさ）がある。〈羽打ち〉と対《たい》義的《ぎてき》な語に〈袖垂《そでた》れ〉がある（〔13〕参照）。

われ」（名高いおわもり〈神女〉は按司や一般の人々を生まれ変わらせてましませ）という用例に繋がる。実は、「方言」には別語としてもうひとつの「シィダシュン 磨く。化粧する」を立てているが、語の原義はひとつであり、再生する、更新するといった意味だろうと思われる。本歌の「孵《すだ》ちへ」も必ずしも、造船のみを意味した表現ではなく、新たな船出のために整えた船、船出の儀礼のために船粧《ふなよそ》いした船というように理解してもよいと思われる。また、那覇の垣の花にはかつて「スラ場」（俗にはシラ）という「唐船の建造修補場所があった（東恩納寛惇『東恩納寛惇全集』第七巻、第一書房、一九八〇年刊）が、「スラ」は「シィダシュン」の「シィダ」と関係する語だと思われる。

参考文献

拙論「神女オモロと歌唱者オモロ」。

〔13〕〈「袖《そで》　垂《た》れて　走《は》りやせ」―理想的な航行の表現―〉

第十三―八七八

しよりゑとのふし
一山《やま》の国《くに》かねが
撫《な》で丶おちやる小《こ》松《まつ》
按《あん》司《じ》襲《おそ》いに　世果《が》報《ほう》せぢ　みおやせ
又誇《ほこ》りころがまが
艫《とも》勝《まさ》り　げらへて
又誇《ほこ》りころがまが
島《しま》届《とづ》け　げらへて
出《いで》ら数《かず》　袖《そで》　垂《た》れて　走《は》りやせ

一山の国かね（神女）が
慈しみ育てられていた小松
〔国王に世を豊かにする霊力を捧げよ〕
又誇りころがま（船頭）が
艫勝り（船名）を造り整えて
又誇りころがま（船頭）が
島届け（船名）を造り整えて
〔船出毎に風に乗って走らせよ〕

【鑑賞】「袖《そで》　垂《た》れて　走《は》りやせ」は、船の理想的な航行をいう表現である。「袖《そで》　垂《た》れて」は〈袖を振る〉と対照的な状態を表し、文書にでる「袖結」に通ずる。「袖《そで》　垂《た》れて」は自らの意志を示さない状態、相手に委ねた状態をいう表現で、船が順風に従って海上を滑走する理想的な航海をいう表現である。

「山《やま》の国《くに》かね」は、『混効験集』に「山の神の事也」、「聞書」にも同様の注が付く。「国《くに》かね」は「飽《あ》かず国《くに》かね／飽《あ》かず国守《くにも》り」（第九―四九三）等の用例があり、神女の名である。〈撫でる〉は、神に捧げるものをその始原に遡《さかのぼ》って誉《ほ》め称える表現〈生産叙事〉を背景に持つ語である。「撫《な》でゝおちやる」の用例は、他に「聞得大君《きこゑぎみ》ぎや　撫《な》でゝおちやる御隼《みやぶさ》」（第三―一〇五）がある。本歌同様、神女の手によって慈《いつく》しみ育てられたもの（「御隼《みやぶさ》」は船名）を謡っている。第十三―九〇一に「撫《な》で松《まつ》は　げらへて　羽打《はねう》ちがま　孵《すだ》ちへ」（慈しみ育てた松を整えて羽打ちがま〈羽打ちは船名、「がま」は小さなもの、親しいものを表す接尾辞〉を船出させて）があり、「小松《こまつ》」は神女が育てた船材になる松だということが分かる。*1「誇《ほこ》りころがま」は、船頭、あるいは船大工の棟梁《とうりよう》をいう男性の意。「誇《ほこ》り」はこれの形容詞「誇《ほこ》らしや」があり、『混効験集』に「歓の心也」とある。「誇《ほこ》り」は喜んでという意。これが「ころがま」に付き美称語化した用例。「ころ」は男、「がま」は前述の接尾辞。「げらへて」は、『辞典』で

*1　〈撫でる〉の用例は、オモロ以外でも例えば、奄美大島の建築儀礼（「新築家《しんたてや》祭り」『歌謡大成　奄美篇』）の唱えでも建材の始原の表現として「きさどんがなしぬ　なでん　なでたる　みちばから　ゆちば」（きさ殿加那志〈山の神の名〉が撫でに撫でた三つ葉から四つ葉）等がある。また、「撫《な》で」の用例には第四―二〇三等に国王を意味する「吾《あ》がかい撫《な》で按司襲《あぢおそ》い」がある。「吾《あ》」はヲナリ神の立場に立つ神女であり、「撫《な》で」は神（神女）が人をも慈しみ育てるという意味の語でもあり、人の〈生産叙事〉を意味する語である。

はもっぱら「作って。造って」などと理解されているが、『混効験集』に「造営並調和の事也」という注が付く語であり、第十三―八七一「げらへあま子思《くも》い按司加那志《あんじがなし》」(神女名)、第十二―六六九他「げらへ綾鼓《あやつゞみ》」(鼓名)等、多くの語の接頭美称語になっており、語としては「美しく整える、美しく造る(作る)」という意味の言葉である。本歌は、船出の為に船を整備することを、船が造られた始原《しげん》(神話)に遡って謡っている〈生産叙事〉歌である。「艫勝《ともまさ》り/島届《しまとづ》け」は船名、あるいは船の美称語。「艫勝《ともまさ》り」は、船の一部を誉《ほ》めて全体を称えた語。「島届《しまとづ》け」は、至り着かせる意の〈とづく〉の連用形が名詞化した語で島に至り着く船という意である。

本歌は、反復部を二つ持つウタである。最初の反復部「按司襲《あんじおそ》いに　世果報《がほう》せぢ　みおやせ」(第一節、第二節)は、島の「世果報《がほう》せぢ」を国王に捧げよという意である。「果報《かほう》」は「方言」「クヮフー果報。幸運」、「せぢ」は「シィヂ　神。または神の霊力。神霊」(「方言」)で、「世果報《がほう》せぢ」は王国を幸福にする霊的力の意。具体的には島からの税としての貢物《こうもつ》をいうのであろうが、正月や三月三日等の王府の儀礼には沖縄本島や周辺離島から「生魚」「干魚」等の「干瀬ぐみの御捧物」が献《けん》じられる。[*2]『羽地仕置』には三司官等の高官に「歳暮」として、沖縄本島北部から「猪」「はしかミ」（ショウガ）、久米島等の離島から「やこかい」（ヤク貝）「干魚」、「三月三日」には沖縄本島中・南部から「貝之類」「海草之類」が献上されることが記されている。これは、高官等に献上を禁じた記事だが、王府の祭礼には地方からの山幸、海幸の献上が続いたのである。[*3] これらが土地の霊力を象徴する「世果《が》報《ほう》せぢ」である。「みおやせ」は『混効験集』に「主上に捧る物を云也」とある。今《な》帰《き》仁《じん》方言「えースンお茶などを目上の人に差し上げる」（『今帰仁方言辞典』[*4]）は、〈おやす〉が変化した語で、〈みおやす〉は〈おやす〉に接頭辞〈み〉が付いた語である。「みおやせ」は本歌のように反復部の末尾にでて、しかも多くが国王に捧《ささ》げる意の表現であることが多い。村落の神歌が神や神女にものを捧げる表現になっているのと、対照的である。ここにオモロの性格が表れている。

二つ目の反復部「出《いで》ら数《かず》　袖《そで》　垂《た》れて　走《は》りやせ」（第三節）は船

*2　『混効験集の研究』の「干瀬ぐみの御捧物」の項、参照。

*3　那覇市企画部文化振興課『那覇市史　琉球資料（上）』那覇市役所、一九八八年刊の「王府関係資料」（「羽地仕置」）及び「地方関係資料」（「間切公事帳」）。

*4　仲宗根政善『今帰仁方言辞典』角川書店、一九八三年刊。

を鳥に譬え（〔12〕参照）、袖（帆）を羽とした表現で、出航毎《ごと》に船（鳥）は風に乗り、船を勢いよく走らせよという意。『混効験集』には連続して「袖たれてまふて」「はねたれてまふて」の項があり、「はねたれてまふて」に「広き袖を翻して舞と也」と注が付いている。袖と羽は対語であり、袖は帆でもあって、[*5]船は鳥に譬えられている。宮古島の神歌（ニーリ）に「ふなチキ（船着き）／ぱにうるし（羽降ろし）」の対句がある。これは帆を羽とする表現だが、いずれにしても船を鳥のイメージで捉《とら》えている。「袖《そで》　垂《た》れて　走《は》りやせ」の用例は第十三に集中して三例あるが、第三―一〇四に「袖《そで》　垂《た》れて　適《かな》わせ　島《しま》の主《ぬし》　世の主《のし》　成《な》りよわめ」がある。相手が〈袖垂れ〉することが〈適わす〉（調和させる、従わせる）ことになり、「島《しま》の主《ぬし》／世の主《のし》」（支配者）になると謡っている。〈袖垂れ〉とは自らの意志を表さないことを意味し、航海のオモロにおいては風に従って走ることを表す表現であると考えられる。『由来記』巻二「官爵位階職之事」の「石奉行」等には襷《たすき》がけを意味する語として「袖結」（「結袖」）が出る。しかし、「袖結」は襷がけと違い、神や支配者に対し

*5　岩倉市郎『喜界島漁業民俗』（『日本常民生活資料叢書』第二十四巻、三一書房、一九七三年刊）の「沖言葉」に、帆を「ミスディ（み袖）」というとある。

て恭順《きょうじゅん》の意志を示す姿としてある。「石奉行」には「前代者、木・石・瓦・鍛冶、此三奉行、有ニ公事一時、結袖之古例也。然処大和之衆、与ニ細工人一、依レ被ニ見違一、至ニ于康煕八年己酉八月五日一、免ニ結袖一也」という記事がある。逆に地方においては「一勢頭座以下袖結候御法ニ而候処其守達無之緩シ相見へ不宜候間向後於御当地ハ申ニ不及島中ニ而モ御用筋ニ付而罷出候ハ、律儀ニ袖結可申事」（『与世山親方八重山島規模帳』[*6]）があり、「袖結」を「守達」させている。「袖結」は〈袖振り〉に対義《ついぎ》する語で自らの意志、あるいは霊的力を発揮せず、それを畳込む姿、恭順の意志を表す姿である。〈袖垂れ〉は「袖結」に繋がる表現であり、風に従って（乗って）船が海上を滑走する（鳥が滑空する）姿を表す表現である。船が勢いよく走る姿には変わりがないが、〈羽打ち〉は勢いよく船出する様、〈袖垂れ〉は風に従って大海を滑走する様《さま》を表した表現で、両者はある点では対義的な意味を示す関係にある語だと考えられる。第十三―七五〇に「あぐで居《お》ちやる　幸地《かうち》ぢよ　袖《そで》　垂《た》れて　渡《わた》たる」（風を待ちあぐんでいた幸地〈船名〉こそは風に乗って渡っている）がある。

＊6　沖縄県立図書館史料編集室『沖縄県史料　首里王府仕置2』沖縄県教育委員会、一九八九年刊。

参考文献
波照間永吉「「袖垂れ」小考」（『南島祭祀歌謡の研究』砂子屋書房、一九九九年刊所収）、拙論「オモロの表現―〈生産叙事〉の視点から―」。

〔14〕〈「吾《あん》　守《まぶ》て　此《こ》の海《と》　渡《わた》しよわれ」―岬の神に祈る船人―〉

第十三―九〇四

しよりゑとのふし
一大西《にし》に　鳴響《とよ》む　　一大西に轟く
聞《きこ》へなよくら　　名高いなよくら（神女）
吾《あん》　守《まぶ》て　　〔私を守って
此《こ》の海《と》　渡《わた》しよわれ　　この海をお渡し下さい〕
又崎枝《さきよだ》に　鳴響《とよ》む　　又崎枝に轟く
（聞《きこ》へなよくら）　　（名高いなよくら）

【鑑賞】「吾《あ》《ん》　守《ま》《ぶ》て　此《こ》の海《と》　渡《わた》しよわれ」は、第十三だけのオモロ十五首にみられる常套句で、船にある船人が通過する岬の神々へ祈った祈りの言葉である。この句を含むオモロは、沖縄から大和に航海するオモロにでる。「大西《に》《し》」（残波岬）は、那覇港から出航すると最初に通過する主要な岬で、その岬の神に祈ったオモロである。

「大西《にし》」は「聞書」に「読谷山の事」とあり、『辞典』もそれを受けて「読谷山村の古名」としているが、『おもろさうし』には第十

＊1　『地名大辞典』、『地名大系』も、『辞典』と同様な見解である。なお、東恩納寛惇は『大日本地名辞書続篇

五―一一六をはじめとして四首のオモロに「読谷山《よんたむざ》」があり、「聞書」の注ではあるが疑問が湧《わ》く。*1 実は琉球の古い地図のひとつとされる『海東諸国紀』*2の「琉球国之図」に「大西崎」があり、これが残波《ざんぱ》岬を示すと思われる地点に記されている。『正保国絵図』『元禄国絵図』*3には、現在の残波岬を「おにし崎」と記しており、『海東諸国紀』の「大西崎」は『国絵図』が記す「おにし崎」だと推測できる。オモロの「大西《にし》」は「読谷山村の古名」ではなく、残波岬をいう地名であろう。対句の「崎枝《さきよだ》」にも「読谷山之事」等という「聞書」が付くが、「崎枝《さきよだ》」は岬が枝のように伸びて海に突き出ている地形からきた語であり、地名というよりも「大西《にし》」（残波岬）を別語で形容した語であろう。石垣島の崎枝村は、屋良部《やらぶ》半島の基部《きぶ》に位置する村である。

「大西《にし》／崎枝《さきよだ》」の対句は、他に第十三に三首、第十五に三首のオモロにでるが、第十三は本例も含めて全てに、第十五は一首のオモロに「なよくら」が登場する。その一首、第十三―九〇二は「又大西《にし》に　走《は》りやさば　なよくらす　知《し》りよわめ　又崎枝《さきよだ》に　走《は》りやさ

第二琉球』（『東恩納寛惇全集』第六巻、第一書房、一九七九年刊所収）において「古へ読谷山を大北《おおにし》、中城を中北《なかにし》、と唱へたる例格を以て南部の北原《にしはら》（西原）に照応して考ふべし」としている。これは、現在の琉球語では北をニシということを前提にし、王都を中心にして地名が付いていることを述べた説だが、オモロにおいては「にし」はあくまで北風をいう語で、方位としての北を意味していない。同様に「はへ」「はゑ」も南を意味する語ではなく、南風をいう語である。『海東諸国紀』の表記は「大西崎」で、「にし」は文字通り「西」の可能性が高く、東恩納は「中城を中北《なかにし》」とする根拠も示していない。これらが、首里を起点とした地名かどうか疑問である。

*2 田中健夫訳注『海東諸国紀』岩波文庫、一九九一年刊。『海東諸国紀』の成立年は一四七一年。

*3 沖縄県教育委員会『琉球国絵図

ば　のろ〱す　知《し》りよわめ　又御拝《みおが》みむ　やぐめさ　崎々《さきぐ》む　やぐめさ」（又大西に（船を）走らせると、なよくらこそは知っている（守っている）又崎枝に（船を）走らせると、ノロ達は知っている（守っている）又御拝みも恐れ多い　岬々も恐れ多い）と謡っている。「大西《にし》／崎枝《さきよだ》」の「御拝《みおが》み／崎々《さきざき》」は恐れ多い場所であり、「なよくら」はそこの神である。第十五の一首も航海のウタで、「なよくら」はこの岬の無事な航行を司《つかさど》る神である。

反復部の「吾《あん》　守《まぶ》て　此《こ》の海《と》　渡《わた》しよわれ」は、本歌を含めて十五首にでる常套句である。これが全て、第十三にでる。その一首、九二一の連続部は「一屋嘉比杜《やかびもり》　おわる　親《おや》のろは　崇《たか》べて／又赤《あか》丸《まる》に　おわる　てくの君《きみ》　崇《たか》べて」という詞章で、大宜味村田嘉里《おおぎみそんたかざと》にある御嶽《うたき》「屋嘉比杜」の「親《おや》のろ」、田嘉里の北部にある赤丸岬（国頭村桃原《くにがみそんとうばる》）の「てくの君《きみ》」（神女名）を祈ってと謡っている。*4 十五首のオモロは、後述する九六七を除いて沖縄本島西海岸の主要な岬や島の神（神女）へ船上の船人が、無事にこの岬や島を通過させてほしいと祈るオモロである。西海岸の航海ルートは黒潮が北上し、

史料集第一集―正保国絵図及び関連史料―』一九九二年刊、沖縄県教育委員会『琉球国絵図史料集第二集―元禄国絵図及び関連史料―』一九九三年刊。

*4 『由来記』巻十五には、「国頭間切　奥間村」に「ヒヨウノ嶽　神名赤丸ノ御イベ」があり「奥間巫」（奥間ノロ）が管轄するとある。桃原は「奥間村」の一部である。

*5 嘉手苅千鶴子「我守《あんまぶ》て此《こ》の海《と》渡《わた》しよわれ」（『おもろさうし精華抄』）。

*6 伊波普猷「あまみや考」（『日本文化の南漸―をなり神の島続篇―』楽浪書院、一九三九年刊、『伊波普猷全集』第五巻、平凡社、一九七四年刊所収）。なお、宮古島狩俣の神歌「舟んだき司のタービ〈志立元〉」（『歌謡大成　宮古篇』）等でも、狩俣にいたる途中に広がる難所、八重干瀬を通過する時には「六一　やピし　とうがまるどぅ　うとぅが　とぅがまるどぅ　六二　かん　みきゃイ　さ

近世期における鹿児島への航海ルートである。嘉手苅千鶴子《かでかるちずこ》は、十五首のオモロが第十三の最初に出るオモロ（八一五）を除いて、本歌から順番に南から北へ北上する地点の岬や島の神（神女）に祈るウタになっているという興味深い指摘をしている。[*5] 順番最後の九六七は「一奥海《おくと》　舞《ま》う　鬼鷲《おにわし》　つゝが上《うゑ》　使《つか》い／又海中《となか》　舞《ま》う　鬼鷲《おにわし》　せびが上《うゑ》　使《つか》い」（「つゝ／せび」は帆柱に取り付けた滑車のこと）というオモロで、「奥海《おくと》／海中《となか》」は排列《はいれつ》からするとこれが島影が消えた奄美諸島以北の七島灘《しちとうなだ》の海を意味することになる。「鬼鷲《おにわし》」は、ヲナリ神の化身《けしん》だと思われる。伊波普猷の「あまみや考」に「私は独木舟に乗つて、採訪に出かけた時、勝連の岬にさしかゝると、船頭が帆をおろし、櫂を立てゝ、唱えごとをするのを見た」と記している。[*6]「吾《あん》　守《まぶ》て　此《こ》の海《と》　渡《わた》しよわれ」は、船上にある船人が岬や島の神々に祈った表現である。しかも、この表現が沖縄からヤマト（本土日本）への航海のオモロに集中することを考えると、この常套句を持つオモロはヤマトへの航海歌であると考えられる。

まい　ぬシ　みきゃイ　さまい　六三　やら　びらし　んめい　なぐびらし　んめい　六四　ふじぬ　まかなシどぅ　にーぬ　まかなシどぅ　六五　かん　みきゃイ　さまいぬっシ　みきゃイ　さまじがー　六六　やら　びらし　んめい　なぐびらし　んめい」（六一　八重干瀬の尖丸〈男神の名か〉と弟の尖丸と　六二　神行き逢いなされて主行き逢いなされて　六三　穏やかに走らせ参られて和やかに走らせ参られて　六四　フデ岩の真加那志〈女神の名〉と根の真加那志と　六五　神行き逢いなされて主行き逢いなされてからは　六六　穏やかに走らせ参られて和やかに走らせ参られて）というように、岩礁の神々（尖丸や真加那志）と船人が交流して無事に難所を通過させてもらうことが謡われている。

〔15〕〈「吾《あ》がおなり御神《みかみ》／弟《おと》おなり御神《みかみ》」―ヲナリ神に守られる船人―〉

第十三―九六五

すゞなりがふなやれのふし

一 吾《あ》がおなり御神《みかみ》の　　一我がヲナリ御神が
守《まぶ》らてゝ　おわちやむ　　〔守ろうとして　いらしたのだ
やれ　ゑけ　　やれ　ゑけ〕
又 弟《おと》おなり御神《みかみ》の　　又妹のヲナリ御神が
又 綾蝶《あやはべる》　成《な》りよわちへ　　又美しい蝶になられて
又 奇《く》せ蝶《はべる》　成《な》りよわちへ　　又霊妙な蝶になられて

【鑑賞】本歌はヲナリ神を謡ったオモロで、〔07〕とともによく知られている。船人であるヱケリ（男兄弟）を守ろうとして、ヲナリ（女兄弟）が「綾蝶《あやはべる》／奇《く》せ蝶《はべる》」の姿になって現れたと謡ったオモロである。ヲナリ神信仰は、琉球の宗教文化の基層をなす。神職が女性であるというのも、ヲナリ神信仰がベースにある。

本歌は〔07〕と並んで、有名なオモロである。伊波普猷《いはふゆう》は『おもろさうし選釈』*1で本歌を取り上げ、自身の代表的著書を『をなり神

*1　伊波普猷『琉球聖典　おもろさうし選釈』（『伊波普猷全集』第六巻、平凡社、一九七五年刊）に「一〇、

の島』（楽浪書房、一九三八年刊）と名付けた。続く著書も『日本文化の南漸―をなり神の島続篇―』（楽浪書房、一九三九年刊）とし、前著の続篇としている。伊波は、琉球文化の中核にヲナリ神があると考えていたのである。*2 ヲナリという語は「男の兄弟から見た姉妹。兄に対する妹。または、弟に対する姉」（「方言」）を意味し、その対《つい》になる語がヱケリである。ヲナリ神とは、ヲナリがヱケリに対して生《せい》得的《とくてき》に霊的に優位にあるという信仰で、特に航海の守護神としての霊的力を備えた存在であることを意味する語である。琉球国の神女制度（聞得大君・ノロ制度）のベースにあるのは、このヲナリ神信仰である。

本歌は航海を多く謡った第十三に属し、ヲナリ神が航海の守護神として「綾蝶《あやはべる》／奇《く》せ蝶《はべる》」になって現れるという内容のオモロである。「吾《あ》がおなり御神《みかみ》」の「吾《あ》」はヱケリの立場にある者の意で、その対句の「弟《おと》おなり御神《みかみ》」の「弟《おと》」は、琉球語のウットゥで、男女の別なく年下の意である。ヲナリ神が登場するウタや説話は、ほとんどがヲナリはヱケリの妹としてでる。それは、妹の方が兄に対

すゞなりがふなやれのふし」として取り上げられている。

*2 伊波のヲナリ神に関する論考は、柳田国男がかねてから論じていた「玉依姫考」（『郷土研究』第四巻十二号、一九一七年刊）を『妹の力』（創元社、一九四〇年刊）等へ導き、日本本土における女性の霊的職能に関する問題に発展させた。また、戦後の研究では馬淵東一が「オナリ神をめぐる類比と対比」（『馬淵東一著作集』第三巻、社会思想社、一九七四年刊）等で広く東南アジアや南太平洋の島々にも広がる問題として論じた。

する霊的力の働きが明確になるからだと思われる。このオモロと並べてよく引かれる有名な琉歌に「御船《おね》の高艫《たかとも》に　白鳥《しらとや》が居《ゐ》ちよん　白鳥《しらとや》やあらぬ　おみなりおすじ」（船の高艫に白鳥が止まっている。白鳥ではない姉妹の生御霊《いきみたま》だ）がある。ヲナリ神の「おすじ」（御シジ、シジは霊を意味する語）が白鳥になって現れているという琉歌である。オモロには、白鳥になって現れるという用例はないが、〔14〕で述べたように第十三—九六七の「鬼鷲《おにわし》」はヲナリ神の表象《ひようしよう》だと考えられ、陸地が見えない海上においてヲナリ神の守護を必死に求める船人の姿が窺えるウタである。そういう点で、本歌は〔14〕に通ずるオモロである。ただ、ヲナリ神の神霊が蝶や白鳥になって現れるという表現は、それほど広く琉球のウタや説話類にあるわけではない。比嘉実《ひがみのる》は、これについて中国の航海者達が広く信仰した媽姐《まそ》神の霊験譚《れいげんたん》「天妃顕聖譚」に注目し、「航海を守護する時におなり神が蝴蝶や白鳥へ変身するのは、明らかに天妃顕聖譚の影響であると思われる」としている。[*3] オモロには渡唐《ととう》を謡ったウタも多く、現に渡唐する船を操る人々は、中国からの寄留民《きりゆうみん》「久米村人《クニンダ》」の人々

*3　比嘉実「中国文化の琉球への伝播」（『古琉球の世界』三一書房、一九八二年刊）。

*4　天妃宮は、『由来記』によれば「下天妃廟」が一四二四年、「上天妃廟」が「鐘銘」から少なくとも一四五七年には創建されていたとしている。

*5　渡名喜明「〈史料紹介〉田里筑登

である。その「久米村」には、古くから天妃が祀《まつ》られている。[*4] 異界との交流・通交をはたす神霊が鳥や蝶など中空を飛ぶ生き物の姿になって顕現《けんげん》することは、「天妃顕聖譚」に限らず広く世界にみられるが、本歌にみる表現は比嘉が指摘するように「天妃顕聖譚」からの影響が考えられる。第十三―七六四に「又唐海《たうと》　出《い》でゝ　走《は》り居《よ》れば　唐《たう》の菩薩《ぼうさ》　崇《たか》べて」（中国の海に出て船を走らせば媽姐神を祈って）があるが、これの反復部は「大君《ぎみ》に　真南風《まはい》　乞《こ》うて　走《は》りやに」（聞得大君に真南風を乞うて船を走らそう）である。七六四は、ヲナリ神と媽姐神とが一体となっていることが分かるオモロである。渡唐者達の日記「田里筑登之親雲上渡唐準備日記」[*5]には、渡唐の前に首里に赴き三平《みひら》等の大アムシラレ[*6]に航海安全の祈願「三平等之御立願」をし、聞得大君御殿にも参拝している。また、久米村にある天妃宮に「菩薩御拝」をし、出航にあたっては「菩薩御乗船」として天妃の神像を渡唐船に乗せているのである。

之親雲上渡唐準備日記」（『沖縄県教育委員会文化課紀要』沖縄県教育委員会、第一号、第二号、一九八六年、一九八七年刊）。他に豊見山和行「〈史料紹介〉勅使御迎大夫真栄里親方日記」（『歴代宝案研究』第三・四合併号、沖縄県立図書館史料編集室、一九九三年刊）等にも、同様の記述がある。

*6　三平等の大アムシラレとは、聞得大君のもとに宮古・八重山を含めた地方のノロ・ツカサを地域ごとに三分割して管轄した上級神女のこと。島津侵入以前の古琉球時代には奄美諸島の神女等もその管轄に入っていたと思われる。第三―九一等には、三平等の大アムシラレに対応すると思われる「首里杜親《もりおや》のろ」「真壁杜親《まかびもりおや》のろ」「西杜《にしもり》の親《おや》のろ」が謡われている。

参考文献
拙論「オモロにみる兄妹の紐帯」。

〔16〕〈「真人達《またち》も　こが　見欲《みぼ》しや　有《あ》り居《よ》れ」―オモロの恋歌―〉

第十四―九八三

一玻名城《はなぐすく》按司《あんじ》付《つ》きの大親《や》
又花城ちやら付《つ》きの大親《や》
又一人子《ひとりぐわ》の　やぐさ子《ぐわ》は　生《な》ちへ置《お》ちゑ
又外辺《ほかあた》りに　内辺《うちあた》りに　あへる
又初《はつ》がりやが　したしらひよは　選《ゑら》で
又立《た》ち選《ゑら》びに　筋選《すぢゑら》びに　選《ゑら》で
又二十読《はたよみや》は　三十読《みしよよみや》は　しちへおちへ
又玻名城《はなぐすく》いちや井戸《かわ》に　降《お》れて
又綛《かせ》　延《は》ゑちへ　布《ぬの》　延《は》ゑちへ　降《お》れて
又思《おも》ひがけず　首里《しより》赤頭部《あくかべ》　行《い》き逢《や》て
又真人達《またち》も　こが　見欲《みぼ》しや　有《あ》り居《よ》れ

一玻名城按司の家臣の大親は
又花城（玻名城）ちやらの家臣の大親は
又一人子のやぐさ子を生んでおいて
又屋敷の内外の畠に種を落とし育った
又初がりや（苧麻か）のしたしらひよを選んで
又立ち方、立ち筋の勝れたのを選びに選んで
又二十読みを三十読みをして
又（糸を洗いに）玻名城いちや井戸に降りて
又綛糸を延ばしに布を延ばしに降りて
又思いがけず首里赤頭部に行き逢って
又真人達もこんなに一人子を見たくあるのだ

又掟達《おきてた》も　こが　清《きよ》らさ　有居《あよ》れ

又掟達もこんなに一人子を美しいと思うのだ

【鑑賞】『おもろさうし』にある数少ない恋歌である。オモロは恋を基本的なテーマにしていない。それは、祭祀歌謡がオモロの基本的な性格だからである。しかし、その中にあって第十四は祭祀歌謡を離れた俗謡的な性格のあるオモロが集まる巻である。そのひとつに、本歌のような恋歌が存在する。

『おもろさうし』には、いわゆる恋歌《こいうた》と思われるウタは非常に少ない。研究者によってどのオモロを恋歌とするか、その数え方も異なる。恋歌にふれた主な研究をあげると、伊波普猷や仲原善忠は五、六首程度、鳥越憲三郎が十五首近く、小野重朗は十三首程を恋歌にしているに過ぎない。＊1 オモロの歌形《かけい》は、日本のどのウタにもみられない独特のスタイルを持つが、その内容においても和歌《わか》や中近世歌謡とは相当に異なる。オモロに恋歌が少ないのは、オモロの大きな特徴で、オモロが基本的に祭祀歌謡であることの証《あか》しである。そんな中にあって、本歌は恋歌と考えてもよいウタである。伊波や鳥越、小野はこれを恋歌としている。

本歌は、ふし名も反復部もないオモロである。第十四には七十首のオモロが収録されるが、ふし名があるオモロは八首だけである。

＊1　伊波普猷「おもろさうし選釈」(『伊波普猷全集』第六巻、平凡社、一九七五年刊)、仲原善忠「おもろ新釈」(『仲原善忠全集』第二巻、沖縄タイムス社、一九七七年刊)、「おもろ評釈」(『仲原善忠全集』第四巻、沖縄タイムス社、一九七七年刊)、鳥越憲三郎『おもろさうし全釈』第一巻〜第五巻、清文堂出版、一九六八年刊、『沖縄の民俗と神話』太平出版社、一九七〇年刊、『詩歌の起源』角川書店、一九七八年刊、小野重朗『南島の古歌謡』ジャパンパブリッシャーズ、一九七七年刊。

これが巻の表題の「色々《いろく》のゑさおもろ御双紙《さうし》」と関係するかは不明であるが、これ程オモロにふし名が付かない巻は、この第十四だけである。「玻名城《はなぐすく》」は、現在の八重瀬町玻名城のことである。しかし、集落（村）名というよりもそこにあるグスクをいうと思われる。具体的には多々名《タタナ》グスクであろう。オモロは、「勝連《かつれん》」等の大型グスクでも「ぐすく」とは謡《うた》わない。「ぐすく」と謡うのは首里城だけである（〈18〉参照）。「玻名城《はなぐすく》」は第十九「知念佐敷玻名城《ちゑねんさしきはなぐすく》おもろ御さうし」に十三首も謡われる。地方オモロにこれだけ多く謡われる地名は、集落名と考えるよりもその地にある有数なグスクをさすと思われる。多々名《タタナ》グスクは『地名大系』によれば、沖縄本島南部地域でも有数の規模を誇り「出土遺物にはグスク土器を主体として青磁・褐彩陶器などがあり、一四―一五世紀のものが主体となっている」グスクである。「按司付《あんじつ》きの大親《や》／ちゃら付《つ》きの大親《や》」は、多々名《タタナ》グスクの城主の家臣という意か。「按司付《あんじつ》きの大親《や》」は第十三―八七三に「阿波根《あはごん》の大親《や》」との対語で用例《ようれい》がある。*2「ちゃら」は、語義不明。第二十―一三六七にも「按司《あぢ》」との対語例がある。

*2 オモロには「大親《や》」の用例が幾つかあるが、興味深い用例は、第十五―一〇六一「一 親富祖《おゑやふそ》の大親《や》 大親《や》子《こ》が貢《かない》 上《のぼ》て 行《い》けば てだが誇《ほこ》りよわちへ」（一 親富祖の大親が大親子の貢を（持って首里に）上って行けば国王が歓びなさって）で、これに「大親《や》」と「大親《や》子《こ》」の関係が窺える。「大親《や》子《こ》」は「大親《や》」に接尾敬称辞〈子〉が付いた語であり、ここでは親富祖（現在の浦添市）の領主（近世期の地頭）的人物で「大親《や》」よりも上位にある身分の者であると考えられる。これにさらに接尾敬称語〈思い〉が付く語が、〈大親子思い〉で第十三―七六三のオモロの詞書きに名を連ねる三司官も「屋富祖《やふそ》の大親《や》子《く》思《も》い」等とあり、王府の高官等をさす語である。「大親《や》」の下に敬称辞（語）が付くことにより、上位の身分をさす語になる。なお、「大親《や》子《く》思《も》い」は近世期には〈親雲上〉をあて、身分的には王府の中位の官人を

「一人子《ひとりぐわ》」は文字通り、一人子《ひとりご》のことで、〈子〉は方言では「ツクワ子。子供」という。「やぐさ子《ぐわ》」は、その対語で「方言」「ヤグサミやもめ、後家、未亡人」と関連する語だと思われる。伊波普猷は「山原の神唄《おもり》」にでる「やぐし子《ぐわ》」と同語だとしている。*3「神唄《おもり》」は「女子《ゐなぐぐわ》の為《ため》さめ／やぐし子《ぐわ》の為《ため》さめ」と対句ででる用例である。*4また、「生《な》ちへ置《お》ちゑ」は、「玻名城按司《はなぐすくあんじ》付《つ》きの大親《や》」が「一人子《ひとりぐわ》／やぐさ子《ぐわ》」を生み育てたの意で、「一人子《ひとりぐわ》／やぐさ子《ぐわ》」の出自《しゅつじ》が表現されている。「外辺《ほかあた》り／内辺《うちあた》り」は、屋敷の内外の畠《はたけ》の意か。「辺《あた》り」は、通常、「方言」「アタイ　屋敷内にあり、野菜などを作る畑。菜園」をいう。「あへる」は、「果実や穀物や小麦等がひとりでに落ちることを言い、また、その他どんな物でも高い所から落ちるのに言う」（『邦訳日葡辞書』「Ayeru」の項）*5と考えられる語。屋敷の内外の畠に繊維《せんい》をとる植物が種を落とすことをいったと考えられる。「初《はつ》かりや／したしらひよ」は、ともに未詳語。『辞典』は前者を「麻の初幹（殻）のこと」、後者を「未詳語。下の白い部分か」としている。詞章《ししょう》の前後から繊維をとる植物を意味する語であることもいうようになる。

*3　伊波普猷「日本旅何買《やまとたびなおか》ひが上《のぼ》て―古琉球の航海並に造船術についての私論―」（『伊波普猷全集』第九巻、平凡社、一九七五年刊）。

*4　八重山歌謡「首里子《しゅうりちい》ゆんた」には「ぴとぅりゃー子《ふぁー》ばよう　生《ま》りゃーとぅり／たんぎゃー　子《ふぁー》ばよう　生《ま》りゃーとぅり」（『歌謡大成　八重山篇』）があり、これはただ一人の選ばれた子、大切に育てられた者という意味の「ぴとぅりゃー子《ふぁー》／たんぎゃー子《ふぁー》」（一人子）である。オモロの「やぐさ子《ぐわ》」は、これに近い語であろう。

*5　高橋俊三『おもろさうしの動詞の研究』武蔵野書院、一九九一年刊。「方言」「エーユン　乳・膿などが、出る。したたり出る」、岩倉市郎『喜界島方言集』国書刊行会、一九七七年刊に出る「エーユイ」「自動詞。木の実などから汁が出る。古語あゆ」とも関係する語。

とは間違いない。古琉球《こりゅうきゅう》時代の繊維は、芭蕉か苧麻《ちょま》（カラムシ）が考えられる。オモロには第十三―八三七に「まうの糸《いと》」がある。方言では「マウ」（徳之島）、「マーウー」（沖縄広域）は苧麻をいう。その苧麻の奄美大島方言名のひとつに「ウガラ」「ウーガラ」がある。[*6]「初《はつ》がりや」の「がりや」は「ウガラ」「ウーガラ」の「ガラ」かもしれない。布の〈生産叙事〉歌「うりづみごゑにや」（『歌謡大成 沖縄篇上』）は「うりづみかはつが苧《を》」（ウリズン〈旧暦二三月〉の初の苧）と謡い出す。「初《はつ》がりや」も『辞典』がいうように「初《はつ》がりや」と考えてよいだろう。ただし、「がりや」は「幹（殻）のこと」かどうか分からない。〈初〉は稲や麦の〈初穂《はつほ》〉もそうだが、神へ捧げる物の表現である。それ故に貴《とうと》いもの、称《たた》えられるものの表現となる。「選《ゑら》で」は次の節にもでるが、多くの物から勝れたものを選び抜くという意の語である。「立《た》ち選《ゑら》び／筋選《すぢゑら》び」は、〈選ぶ〉が下接《かせつ》する美称語で、他に第六―二九一「吉日選《ゑかゑら》び」（選ばれた吉日）等がある。良い糸が採《と》れる立ち方、立ち筋の選ばれたものの意。「二十《はた》読《よみや》／三十読《みしよよみや》」は、たいへんに読みの細い糸の意。よく知られた

*6 天野鉄夫『琉球列島 植物方言集』新星図書、一九七九年刊。

女踊《イナグウドゥイ》り「かせかけ」干瀬節《ひせぶし》の歌詞は、「七読《ななゆ》みと二十《はたえん》 綛掛《かせか》けて置《お》きゆて 里が蜻蛉羽《あけづ》 御衣《んす》よ摺《す》らね」（二十七読みの綛糸を綛に掛けて蜻蛉の羽のような薄い貴方の御衣《みぞ》を作りましょう）である。「玻名城《はなぐすく》いちや井戸《かわ》」は、『地名大辞典』が「玻名城集落東南にあるンヂャガーのことであろう」と推定している。井戸は「現在ンヂャガーは水がかれ、井戸の跡はくぼ地になっている」という。「降《お》れて」は、井戸が下り井戸《かー》（窪地《くぼち》の底に湧く泉）になっていることを示している。*7 あるいは、多々名グスクから井戸へ下ることをいうか。「綛《かせ》 延《は》ゑちへ／布《ぬの》 延《は》ゑちへ」は、井戸で綛糸《かせいと》を洗う意。「思《おも》ひがけず 首里《しより》 赤頭部《あくかべ》 行《い》き逢《や》て」は、そこで思いもよらず「首里赤頭部《しよりあくかべ》」に出会って、「一人子《ひとりぐわ》」が見初《みそ》められるという意。これは、水辺で男女が出会う物語の常套《じようとう》でもある。「首里赤頭部《しよりあくかべ》」は、首里《しゆり》の「赤頭部《あくかべ》」の意。「赤頭部《あくかべ》」は「国王頌徳碑」（一五四三年、『金石文』）に王府の官人《かんじん》層を記した一節「あんしへあすたへ大やくもいた里主へけらへあくかへ」（按司部、あすた部〈三司官〉、大親子思い〈親方〉達、里主部、げらへ赤頭部）の最後にでる下級の官人である。ただし、近世期では上級

*7 伊波普猷『おもろさうし選釈』「二七、はなぐすくあんじつきの大やがふし」（『伊波普猷全集』第六巻、平凡社、一九七五年刊）に「いちや井戸《かわ》」について、「口碑によると昔は多々名城《たゝなぐすく》から姫君達が洗濯しにおりて来たとのことである。また多々名城はこの井戸を敵に占領されたので、容易く陥落したといふ伝説も遺ってゐる」とある。「口碑」が「いちや井戸《かわ》」と多々名城の深い繋がりを表しており、興味深い。

の官人の子弟《してい》が若い時に勤める「子赤頭部」もあり、どちらかというと本歌の「首里赤頭部《しよりあくかべ》」は都の若侍《わかざむらい》といった人物像ではないか。碑文《ひぶん》の〈げらへ赤頭部〉の〈げらへ〉はオモロにもある「げらへ」で、ここでは立派な、すばらしい意の美称語（後にこれが忘れられて〈家来〉と当て字される）。〈赤頭部〉は下級の官人が赤い帽（八巻）を着けることからきた当て字だと思われる。「真《ま》人達《た》も　こが　見《み》欲《ぼ》しや　有《あ》り居《よ》れ／掟達《おきてた》も　こが　清《きよ》らさ　有《あ》居《よ》れ」は、その出会いによって、「真《ま》人達《た》／掟達《おきてた》」までにも娘の噂《うわさ》が広がり、彼らがこんなにも娘を見たくあるよ、それほどに娘が美しくあるよと謡った表現である。「真《ま》人達《た》／掟達《おきてた》」ははっきりしないが、「掟《おきて》」は近世期において、地方の村役人をさす語である。これを前提にすれば、ここでは「一人子《ひとりぐわ》」が都（首里）の若侍に見初められ、その娘の噂が玻名城周辺の村役人達に広がって評判になり、二人の仲が羨《うらや》ましがられているという意だと解釈される。

　本歌は、第一節から三節までが娘の出自を明らかにした人物紹介、第四節から六節が布の〈生産叙事〉で、これが水辺での男女の出会いと娘の評判、あるいは二人の恋の評判という展開になったウタである。〈生産叙事〉は、神や貴人《きじん》に捧げられるものをその始原に遡《さかのぼ》って誉め称える表現である。始原的な布の〈生産叙事〉歌は、奄美《あまみ》のシャーマンであるユタが祭りの場において自らの霊的力を発揚《はつよう》するために神衣装の聖なる由来を唱《とな》える「芭蕉流れ」(『歌謡大成　奄美篇』)や旅に出る男兄弟(ヱケリ)に守りの意味を込めて女兄弟(ヲナリ)が贈った着物の聖なる由来を謡った「うりづみごゑにや」(『歌謡大成　沖縄篇上』)等がある。しかし、本歌はそのように展開するウタではなく、〈生産叙事〉が恋歌に転じている。そのような点で、女兄弟(ヲナリ)と男兄弟(ヱケリ)をテーマにしたオモロや神歌《かみうた》とは、異なったウタである。それは、主人公が「按司《あんじ》付《つ》きの大親《や》」の「一人子《ひとりぐわ》」であり、その相手が「首里赤頭部《しよりあくかべ》」であって、庶民ではないがそれに近い人物であることとも関係する。本歌は、祭祀とは離れた宴席《えんせき》等で謡われたウタであると思われる。これは、八重山《やえやま》の庶民を主人公にした物語歌謡に近いウタである。オモロの第十四には、このようなウタも存在する。

参考文献
水沢明日香「オモロの恋歌―研究史」『立正大学國語國文』第五十号、立正大学國語國文学会、二〇一二年刊、拙論「オモロの美称語」、「オモロの表現―〈生産叙事〉の視点から―」。

〔17〕〈「前鞍《まへくら》に　てだの形《かた》　描《ゑが》ちへ／後鞍《しるいくら》に　月の形《かた》　描《ゑが》ちへ」―陸上の巡行表現―〉

第十四―九八六

おとまりがふし

一知花《ちばな》　おわる　目《め》眉《まよ》清《きよ》ら按司《あんじ》の
又知花《ちばな》　おわる　歯《はぐき》清《きよ》ら按司《あんじ》の
又御鉢巻《みはちまき》　手強《てぢよ》く　巻《ま》き　しよわちへ
又白掛《しらか》け御衣《みしよ》　重《かさ》べ御衣《みしよ》　しよわちへ
又十重《とい》き丶帯《おび》　廻《まや》し　引《ひ》き締《し》めて
又大刀《かたな》よ　掛《か》け差《さ》し　しよわちへ
又腰刀《こしかたな》よ　いかさ差《さ》し　しよわちへ
又山羊皮草履《ひぎやかわさば》　うちおけくみ　しよわちへ
又馬曳《うまひ》きの　御駄曳《みちやひ》きの　小太郎《こたら》
又真白馬《ましらば》に　金鞍《こかねぐら》　掛《か》けて

一知花におられる目眉が美しい按司が
又知花におられる歯が美しい按司が
又御鉢巻きを強く巻きなさって
又白掛け御衣、重ね御衣を着けなさって
又十重の帯を廻し引き締めて
又大刀を掛け差しなさって
又腰刀をいかさ（未詳語）差しなさって
又山羊皮の草履を履きなさって
又馬曳きの御駄曳きの小太郎の曳く
又真白馬に黄金の鞍を掛けて

又前鞍《まへくら》に　てだの形《かた》　描《ゑが》ちへ
又後鞍《しるいくら》に　月の形《かた》　描《ゑが》ちへ

又前鞍は太陽の絵を描いて
又後ろ鞍は月の絵を描いて

【鑑賞】本歌後半の馬の美しい装いの表現は、〔06〕の海上の巡行叙事と並ぶ陸上の巡行叙事表現である。「目《め》眉《ま》清《き》よら按《あ》司《じ》／歯《はぐ》清《き》よら按《あ》司《じ》」は英雄の姿と捉えられそうだが、女性的である。英雄の姿が女性的であるのは、巡行叙事の主体は始原的に神（神女）であることによる。オモロの英雄は、神女のイメージを引いている。

「朝凪《あさど》れが　し居《よ》れば」以下の六句の常套句《じょうとうく》は、神（神女）の海上巡行の叙事《じょじ》であったが（〔06〕参照）、陸上巡行の叙事は馬の美しい装《よそお》いの表現である。馬は、琉球においても神の乗物である。本歌の末尾部の「又馬曳《うまひ》きの　御駄曳《みちゃひ》きの小太郎《こたら》」以下が、それである。海上巡行の叙事が、神や神女による航海のオモロであったように、馬の美しい装いの叙事も、始原的な表現は神や神女による巡行である。奄美大島の大熊《だいくま》（奄美市）の新穂花《あらほばな》や大折目《ウプユミ》といわれる祭祀の最後に謡われる神歌「のりがみのオモリ」（『歌謡大成　奄美篇』）は「一　おぶちとき　しなて（オボツに帰る時に合わせて）二　かくらとき　しなて（神楽に帰る時に合わせて）三　のろのりま　のり（ノロは乗り馬に乗れ）四　ざはのりま　よせれ（ざは〈不詳、馬曳《うまひ》きの名か〉は乗り馬を寄せよ）五　おがねあん　かけて（黄金鞍を掛けて）六　なむざあん　かけて（銀鞍を掛けて）七　まはるびや　まをのそ（真腹帯は真苧《まお》の糸）八　ましりげや　げおのそ（真鞦はけおの糸）九　あぐみよらよらと（鐙をゆらゆらと）十　たぢな　よらよらと（手綱をゆらゆらと）十一　のろや　うま　のりあわし（ノロは馬に乗り合わせ）十二さき　なをそ　ひきはせ（先に七十人引き合わせ）十三　あと　ももそ　ひきはせ（後に百十人引き合わせ）十四　ぢらてんのとまり（ギラテンの泊）十五　ぢらてんのみなと（ギラテンの港）十六　うだ　もどせ　もとろ（さあ、戻せ戻ろう）十七　うだ　かえろ　かえろ（さあ、帰ろう帰ろう）」というウタだが、これが謡われて「神女たちは祭りの服装を脱ぐ」という。*1 神歌は祭りの期間此岸《しがん》を訪れた神を送り出すウタであり、神はこのウタによって彼岸《ひがん》の世界へ帰って行く。*2 彼岸に帰還《きかん》する神は、「五　おがねあん　かけて」というように美しく飾られた馬の前後に従者《じゅうしゃ》を引き連れた馬上《ばじょう》の姿としてある。

本歌は、反復部を持たないウタである。オモロには、少数ながら

*1　小野重朗「大熊のノロの祭りの概要」（『奄美ノロの祭祀習俗調査報告』鹿児島教育委員会、一九八六年刊）。

*2　なお、オモリの最後には「ぢらてんのとまり／ぢらてんのみなと」が謡われているが、神（神女）による陸上の巡行は海岸（泊・港・浜）への巡行になる。第十―五二四と対になると考えられる第十―五一四（〔06〕参照）も「与那覇浜《よなはばま》／馬天浜《ばてんはま》」への巡行であり、後述する「生れ語れ」も馬による巡行叙事は「さをじはま」（精進浜）への巡行である。それはいうまでもなく、海上彼方の世界に異郷があると考えているからで、海岸（泊・港・浜）は此岸と彼岸の境界である。

反復部のないウタがある。「知花《ちばな》」は、沖縄本島中部、沖縄市にある地名。「おわる」は、〈有り〉〈居り〉〈来〉の尊敬語。「聞書」に「御座するなり」とある。「目《め》眉《まよ》清《きよ》ら按司《あんじ》」「歯《はぐき》清《きよ》ら按司《あんじ》」だが、「目《め》眉《まよ》清《きよ》ら」「歯《はぐき》清《きよ》ら」*3は、ともに美童《みやらび》（若い女性）の美しさを称《たた》える表現である。琉歌《りゅうか》（『歌謡大成　沖縄篇下』）に「目眉色きよらさ　丈ほどもうちやて　嬉しや顔ほこる　花の童」（目眉が美しく色白で背丈もほどほどで笑い顔が良い花盛りの女性であるよ）、「諸鈍めやらべの　雪のろの歯口　いつか夜のくれて　み口吸はな」（諸鈍《しょどん》の女性の雪の色のように美しい白い歯よ、いつか夜が暮れて口付けしたいものだ）がある。池宮正治は、若按司を謡うのに何故に本来女性の美貌《びぼう》を表す表現が使われるのかとして、「神女が男装や武装することがおもろに散見されるし、また神女が乗馬したり、偽似武器を手にしたりする風も残っている」*4と述べ、さらに「目《め》眉《まよ》清《きよ》ら」が『由来記』の御嶽の神名、イベ名にあることも指摘している。按司についても、第十四—九九八には「おなり按司《あんじ》」（女按司）、第四—一八八には「君《きみ》の按司《あんじ》」（差笠《さすかさ》の対語、君〈神女〉である按司）等の用例もあり、必ずしも

*3　「歯《はぐき》」については『類聚名義抄《るいじゅうみょうぎしょう》』に「歯　ハクキ」とあり、「はぐき」は「歯」だと考えられる。「『梁塵秘抄』巻二（法文歌）に「弥陀の御顔は秋の月　青蓮の眼は夏の池　四十の歯ぐきは冬の雪　三十二相春の花」（小林芳規・武石彰夫他『新古典文学大系　梁塵秘抄・閑吟集・狂言歌謡』岩波書店、一九九三年刊）がある。琉歌「雪のろの歯口」は「歯口」（歯）を雪の色とするが、この表現は中世歌謡、あるいはその流れにあった近世歌謡からの影響が考えられる。

*4　池宮正治「目《め》眉《まよ》清《きよ》ら按司と馬引きの小太郎《こたら》」（『おもろさうし精華抄』）。

男性であるとは限らない。このように本歌にでる按司が女性のイメージで表現されるのは、馬による巡行が始原的には神や神女による表現としてあるからである。一方、伊平屋島田名《だな》で謡われる「大城ごゑにや」（『歌謡大成　沖縄篇上』）は、勝連《かつれん》の英雄アマワリ（あるいは、アマワリの子息）が馬に乗り巡行して、築城する人々を集めて歩くという神歌である。これなどは、馬の巡行表現が英雄の叙事であるといえる。按司という語は按司加那志《がなし》（第十三―八七一他）を除いて、通常は男性をいう語である。このことから、本歌は男性の按司、しかも眉目秀麗《びもくしゅうれい》な若い按司とも考えられる。「御鉢巻《みはちまき》」は神女が神衣装として身に着けるが、男性も身に着け尚寧王時代（一五八九～一六二〇年）に帽子のように被《かぶ》る冠《かんむり》形式《けいしき》になった。『琉球神道記』に「又。鉢巻《ハチマキ》トテ。本ハ一丈三尺ノ布ヲ以。頭ヲ纏《マトウ》。爾ヲ分薙国《ワキナグニ》ト云人。今ノ冠ニ転ズ。賢《カシコキ》コト也。時ハ尚寧王」*5とあり、帕（鉢巻）は色により身分の区分を表した。「方言」では鉢巻のことを「サージ」といい「手ぬぐいのように細く長く切った布。ターバンのように頭に巻きつける」。「手強《てぢょ》く巻《ま》き」は、強く巻くことか、用例は本例の

*5　横山重『琉球神道記　弁蓮社袋中集』角川書店、一九七〇年刊。

み。〈強く〉のオモロの表記は通常「つよく」だが、用例は全て「ちよく」である。「しよわちへ」は、したまいての意。按司に対する敬語表現になっている。「白掛《しらか》け御衣《みしよ》」「重《かさ》べ御衣《みしよ》」は対語、用例は本例のみ。〈御衣〉の用例には、第七―三四九「白衣御衣《しらしよみしゆ》」、第十三―八四八「青衣御衣《あおしよみそ》」、第十三―八五三「朱《あけ》の御衣《みそ》」等がある。色としては、「朱《あけ》の御衣《みそ》」が一番高貴《こうき》な御衣だが、「白掛《しらか》け御衣《みしよ》」「白衣御衣《しらしよみしゆ》」は清浄《せいじよう》な御衣で、三四九は聞得大君に奉る御衣として謡われている。聞得大君に神衣裳を奉るという意だろう。そういう点で、本例の「白掛《しらか》け御衣《みしよ》」は神女の神衣装とする方が理解しやすい。「重《かさ》べ御衣《みしよ》」は、重ね御衣の意。「重《かさ》べ」は、「方言」「カサビ」である。「十重《とい》き〻帯《おび》　廻《まや》し　引《ひ》き締《し》めて」は、文字通り十重《とえ》の立派な帯を廻し引き締めての意。但し、「廻《まや》し」は本来は「まわし」となるはずで疑問が残る。「き〻帯《おび》」は、『混効験集』に「おほみききよび」として「御紳なり」、「聞書」に「帯也」とある。『採訪南島語彙稿』*6の「帯」には与論《よろん》方言に「キキビ」が記されている。興味深いのは、一般的には琉球の女性は帯を用いず着物の前の端を下

*6　宮良当壮『宮良当壮全集　採訪南島語彙稿』第七巻、第一書房、一九八〇年刊。

ばかまの紐《ひも》に押し込む方法（ウシンチー）で着物を着る。それに従えば、この部分は神女を謡った表現にはならないが、〔07〕にも神女をイメージした表現に「まなきゝ帯《おび》」がでてくる。あるいは、これが神女の武装（男装）する姿かとも考えられる。「大刀《かたな》」は太刀《たち》、対して「腰刀《こしかたな》」は常に腰に差している小刀《こがたな》の意。「いかさ差《さ》し」の意味が不詳。太刀の着け方を「掛《か》け差《さ》し」というのに対して、小刀の着け方をいうのだろうがよく分からない。「山羊皮草履《ひぎやかわさば》」は、山羊《やぎ》の皮の草履《ぞうり》。山羊は『混効験集』に「ひゝじや　羊之事」とあり、「方言」でも「フィージャー」という。草履は『混効験集』に「さば　草履の事」とある。「方言」で「サバ」という。「うちおけくみ」は、全体が分かりにくいが「くみ」は「履《は》き」の意で、「クヌン（はくものを）はく」（「方言」）の連用形。「うちおけ」が分かりにくい。「うち」は接頭語、「おけ」は「受け」か。一般の人々が裸足《はだし》であったのに対して、按司は山羊皮の草履を履いている。

「馬曳《うまひ》きの　御駄曳《みちゃひ》きの小太郎《こたら》」以下が馬の美しい装いの叙事で、神歌にも類似した表現をみる。奄美諸島の霊能者（ユタ）の成巫式《せいふしき》で謡われる「生れ語れ」（『歌謡大成　奄美篇』）にも「二六　ふずんのりまひきん（本尊〈ユタの敬称〉の乗り馬曳きの）二七　こたえらじ（小太郎児か）二八　なんぜぐら　うちはえてぃ（銀鞍はうち映えて）二九　まえぐらや　てぃだぬかた（前鞍は太陽の絵）三〇　しりぐらや　うじきかた（後ろ鞍は御月の絵）」という詞章がある。また、多良間島の神歌「ばかがムぬエーグ（若神のエーグ）」*7でも「一四　ぬーまのふら　うしゅいよ（馬の鞍を添えよ）一五　たてぃぬーまば　すだしい（立て馬を飾れ）一六　まいふらぬ　かたんや（前鞍の絵は）一七　うぷてぃだう　びらしよ（大ティダ〈太陽〉を据《す》えよ）一八　すすぃふらぬ　かたんや（後ろ鞍の絵は）一九　うつきイ型　びらしよ（御月の絵を据えよ）」がある。目立つのは、鞍を金や銀の鞍とする美称句であり、鞍の前後に太陽や月の絵が描かれているとする表現である。これが、オモロを含め奄美から多良間《たらま》の神歌に表れる。おそらく、共通したベースになる表現の伝播《でんぱ》があるに違いない。*8「生れ語れ」は神（神女）の巡行叙事、「ばかがムぬエーグ」は英雄（神）の巡行叙事である。本歌は、どちらに近い巡行歌なのか。

*7　多良間村史編集委員会『多良間村史　資料編四　芸能』第五巻、多良間村、一九八九年刊。なお、中舌音等の特殊な音はカタカナ表記に変えた。

*8　鞍の美称の外に、馬を白馬（「真《ま》白馬《しらば》」、「生れ語れ」では「ましるぎい」（真白毛））とする点、馬曳きが登場する点（「のりがみのオモリ」は分かりにくいが、粟国島の神送りの歌「急げ急げ神金」（『歌謡大成　沖縄篇上』）には、馬曳きの三郎前、御駄曳きの一郎前がでる）も、共通する叙事である。これについて、福田晃は修験《しゅげん》系の唱導者《しょうどうしゃ》の祭文《さいもん》が奄美のユタの呪詞《じゅし》に影響していることを示唆している（『神道集説話の成立』三弥井書店、一九八四年刊）。

参考文献
拙論「琉球弧のウタにあらわれた〈巡行叙事〉表現」。

〔18〕〈「勝連《かつれん》の阿摩和利《あまわり》　十百歳《とひやくさ》　ちよわれ」―称えられる「地方」の英雄―〉

第十六―一一二九

さはちきよがふし

一勝連《かつれん》の阿摩和利《あまわり》　　一勝連の阿摩和利

十百歳《とひやくさ》　ちよわれ　　〔末長くましませ〕

又肝高《きもたか》の阿摩和利《あまわり》　　又肝高の阿摩和利

又勝連《かつれん》と　似《に》せて　　又勝連のグスクと似つかわしくあって

又肝高《きむたか》と　似《に》せて　　又肝高のグスクと似つかわしくあって

【鑑賞】組踊（琉球の古典演劇）では阿《ぁ》摩《ま》和《ゎ》利《り》は名高い逆臣だが、オモロでは英雄として謡われる。この落差が興味深いが、勝連城は首里城や浦添城と並ぶ有数な城であり、ここに有力な按司がいたに違いない。オモロは、その按司（阿《ぁ》摩《ま》和《ゎ》利《り》）よりもさらに勝る王がいるとも謡っている。

「勝連《かつれん》」は、勝連グスクのこと。「肝高《きもたか》」はその対語。「聞書」に「心高キを云」等とある。第十一―五七五、六四二の二例（対語は「中城《ぐすく》」、「島襲《しまおそ》い」）を除いて、すべて「勝連《かつれん》」との対語であり、「勝《かつ》連《れん》／肝高《きもたか》」の対語の結びつきは強い。勝連グスク一の郭《くるわ》の遺跡からは、大量の瓦《かわら》（大和系瓦に高麗《こうらい》系瓦の混ざったもの）[*1]や、当時高級であった「十四世紀染付の破片」（白磁）と数多くの「十四世紀の中国青磁」等が出土《しゅつど》する。[*2]この出土物の質量から、勝連グスクは首里城や浦添グスクと並ぶ有力なグスクであったと考えられる。[*3]『朝鮮王朝実録』「世宗実録」の「即位年」（一四一八）の記事に「琉球国王の二男賀通連」が貢物とともに使者を送ってきたことが記されている。[*4]この記事は『海東諸国紀』「琉球国紀」にも記されているが、「賀通連」は勝連と解されるもので、勝連グスクの領主が尚思紹《しょうししょう》の時代に朝鮮へ使者を送っていたと理解される。第十六―一一四四には「勝《かっ》連《れん》わ　何《なお》にぎや　譬《たと》ゑる　大和《やまと》の鎌倉《かまくら》に　譬《たと》ゑる」（勝連グスクは何に譬えるか。大和の鎌倉に譬える）と謡われている。しかし、オモロは勝連グスクを「勝連《かつれん》」としか謡っていない。勝連グスクの用例はすべて「勝連《かつれん》」であり、浦添グスク、今帰仁グスク、大里グスク等も「～ぐすく」とは謡っていない。しかし、逆に小さな規模のグスク（「宇根《うね》ぐすく」（〔08〕参照））や、グスクが立つ景観《けいかん》、形状から第十九

＊1　上原静「琉球の古瓦」『月刊考古学ジャーナル』第二二七号、一九九八年刊。

＊2　三上次男「沖縄県勝連城跡出土の元染付片とその歴史的性格」『考古学雑誌』第六十三巻四号、一九七八年刊。

＊3　児玉幸多他監修『北海道・沖縄の城郭』新人物往来社、一九八〇年刊、『特別展　グスク』沖縄県立博物館、一九八五年刊、『城（グスク）』沖縄県立博物館、一九九二年刊等。

＊4　池谷望子・内田晶子・高瀬恭子『朝鮮王朝実録琉球史料集成』榕樹書林、二〇〇五年刊。

＊5　ただし、首里グスクについては、「首里杜《しよりもり》ぐすく／真玉杜《まだまもり》ぐすく」とも謡っている。「杜《もり》ぐすく」は樹木に囲まれたグスクの意、「石《いし》ぐすく」は「金《かな》ぐすく」との対語から堅固なグスクの意、「土《つち》ぐすく」は文字通り土塁《どるい》のグスクの意、「たうぐすく」は平城《ひらじろ》

—一三〇二「知念杜《ちゑねんもり》ぐすく」等、第二十一—一三三四「摩文仁石《まぶにいし》ぐすく」等、第十六—一一六〇「江洲《ゑす》の土《つち》ぐすく」、第二十一—一三三二「石原《いしやら》たうグスク」というように、地名を冠《かん》して「杜《もり》ぐすく」「石《いし》ぐすく」「土《つち》ぐすく」「たうグスク」と謡っている。*5 首里グスクに並ぶ大型グスクをグスクと謡わないのは、尚真王《しようしんおう》が地方の領主である按司《あじ》達を首里に集めて官僚化し、各地のグスクを実質的に廃城にしたことと関連するのか。*6 そうであるならば、王府が首里グスクを残して他のグスクの機能を停止させたことと相俟《あいま》って、グスクという語を独占したことになる。オモロでは「ぐすく」は首里城のみをいうのである。

「阿摩和利《あまわり》」は、勝連グスクの城主である。反復部「十百歳《とひやくさ》　ちよわれ」は、末永くましませの意。『混効験集《こんこうけんしゆう》』は「十百歳《とひやくさ》」を「千年の事」とする。これが各節に繰り返されて「阿摩和利《あまわり》」の長寿、永遠なる存在を謡っている。この表現は、ほとんどが係助詞《かかりじよし》が付いた「十百歳《とひやくさ》す　ちよわれ」、あるいは「十百末《ともゝすゑ》　十百歳《とひやくさ》す　ちよわれ」という表現で、国王の永遠性を言祝《ことほ》ぐ用例である。本歌と

の意（「方言」で「たう」は「トー平坦。平ら」の意）である。

*6 『球陽』巻三に「諸按司、首里に聚居す。窃かに按ずるに、旧制は、毎郡按司一員を設置し、按司は各一城を建て、常に其の城に居りて教化を承敷し、郡民を蒞治す。（途中省略）尚真王、制を改め度を定め、諸按司を首里に聚居して遙かに其の地を領せしめ、代りて座敷官一員を遣はし、其の郡の事を督理せしむ」とある。但し、今帰仁城だけは、一六六五年まで「北山監守」が置かれ、グスクとしての機能があった。

*7 阿摩和利は、「忠臣」といわれた中城グスクの城主、護佐丸が謀反を企てていると言葉巧みに尚泰久王（第一尚氏）に訴え、自ら兵を率いて護佐丸を討った人物である。しかし、その後、首里城を攻めて天下を狙おうとした計画が夫人（名を「踏揚《ふみあがり》」といい、「王女」であった）に知れ、

浦添の領主を謡った第十五―一〇七一が、例外的な用例である。実は、〈ちよわる〉という語自体が多く国王に使われる傾向を持つ特殊な敬語《けいご》であるが、例外的に本歌にでる。「阿摩和利《あまわり》」は、「忠臣」といわれた中城グスクの城主、護佐丸《ごさまる》を討《う》った人物であるが、それによって逆に尚泰久《しょうたいきゅう》王（第一尚氏）の軍に一四五八年に討たれた按司である。正史《せいし》におけるこの記事の初出は、蔡鐸本《さいたくぼん》『中山世譜』（一七〇一年）からで、組踊《くみおどり》「護佐丸敵討」（一七一九年）は、護佐丸の遺児《いじ》が父の敵「逆臣」阿摩和利を討つ物語であることから、この時期には蔡鐸本に記されるような故事《こじ》が広まっていたと思われる。*7そこには、第二尚氏の家臣団に入った鬼大城を始祖とする「夏氏」の氏族伝承（「夏氏家譜」）が、影響を与えていると考えられる。しかし、早くに田島利三郎が「阿摩和利加那といへる名義」（『沖縄青年会報』一八九八年刊）*8で、沖縄に膾炙《かいしゃ》している「逆臣」阿摩和利像にオモロを資料にして異議をとなえたように、オモロにおける「阿摩和利《あまわり》」は本歌のように勝連の英雄として謡われ、地元に伝わる民間伝承の世界にあっても、勝連の繁栄を築いた英雄として語られている。*9

逆に王の軍に一四五八年に討たれた。正史におけるこの記事は、『中山世鑑』（一六五〇年）にはない。『中山伝信録』（一七一九年）には組踊「護佐丸敵討」を記した「鶴亀二児の仇を復するの古事」（原田禹雄『徐葆光中山伝信録』榕樹社、一九九九年刊）がある。「護佐丸敵討」（二童敵討）の作者玉城朝薫の家譜にも「本国往古之故事を以て戯席に備う」（『那覇市史　家譜資料（三）首里系』那覇市史編集室、一九八二年刊）とある。

*8　田島利三郎『琉球文学研究』青山書店、一九二四年刊所収。田島の論文は、発表当時、沖縄の社会に強い衝撃を与えたようで、田島の教え子である伊波普猷は、『琉球文学研究』の冒頭の論「田島先生の旧稿琉球語研究資料を出版するにあたつて」で、「その論文も亦物議を醸して、先生は一部の沖縄県人から蛇蝎視されるようになつた」と記している。

*9　『勝連村史』勝連村役所、一九六

オモロの阿摩和利像は、正史や組踊のそれと大きく断絶している。[*10]

オモロが盛んに謡われたのは、第二尚氏《しょうし》の尚真王（一四七七年—一五二六年）を中心にして、尚清王代（一五二七年—）から尚寧王代（—一六二〇年）の時代であったと考えられる。一四五八年に討たれた阿摩和利の記憶は、オモロが盛んに謡われていた時代には相当に生々しい「歴史」であったはずである。『おもろさうし』は、これを勝連のオモロとして謡ったのである。注目すべきは、「忠臣」護佐丸をオモロは謡っていなく、第一尚氏も謡っていない。その中にあつて、オモロが阿摩和利を謡うのはこれが勝連の英雄であるだけではなく、第一尚氏と戦った人物として意識されたからではないか。オモロは、阿摩和利を単に勝連の英雄とはしていないのである。阿摩和利を謡うオモロに、阿摩和利讃美で終わらず国王讃美に転換しているウタがある。第十六―一一三四は「一 勝連《かつれん》の阿摩和利《あまわり》　玉御柄杓《たまみしやく》　有《あ》りよな」（勝連の阿摩和利は玉の御柄杓があるのか）と謡い出されるが、最終節では「又首里《しより》　おわる　てだ子《こ》す　玉御柄杓《たまみしやく》　有《あ》りよわれ」（首里グスクにおられる国王こそが玉の御柄杓がおありになるのだ）と謡う。「玉御《たまみ》

六年刊等には、蜘蛛の巣をみて網を作ったというカルチャーヒーローとして伝わる阿摩和利が記されている。伊平屋島田名で謡われる「大城ごゑにや」にも、勝連の阿摩和利（あるいは、その子息）が馬に乗り巡行して築城する人々を集めて歩くという神歌があり（〔15〕参照）、広く知られた英雄として語り継がれている。また、阿摩和利は屋良村（現在の北谷町屋良）の出身という伝承があるが、第十五―一一〇五に「一 北谷《きたたん》に　おわる　浦《うら》の世の主《ぬし》の　兄者《せざ》よ　珍《めづ》らがて（途中省略）又勝連《かつれん》に　おわる　思《おも》ひ兄者《せざ》　使《つか》ひ」（一 北谷におられる浦の世の主が兄を愛《め》でて（途中省略）又勝連におられる兄を招待して）とある。これが、その伝承に関連しないか興味深い。

*10 このことは、オモロが謡う「かさす若《わか》てだ」と「旧記」が描く悲劇的な英雄「ガサス若チヤラ」とが、大きく違うこととも似ている（〔09〕

柄杓《しやく》」は、第六―三三〇他に「玉御《たまみ》ねぶ」（「ねぶ」は「方言」「ニーブひしやく」）の対語としてあり、〈ヒシャク〉の〈ヒ〉が脱落した語と考えられ、権威《けんい》の象徴物であると思われる。*二 オモロは、結局は国王が「玉御柄杓《たまみしやく》」を持っていると謡っている。しかも、阿摩和利には使っていないが、国王には敬語（「有《あ》りよわれ」）が使われている。地方オモロの表現はその土地を謡うかたちで完結するウタが多いが、これが国王讃美に転換する点で特異である。オモロでは、阿摩和利は「逆臣」ではなく国王を言祝ぐ役回りになっている。オモロが英雄、阿摩和利を謡う理由は、実はこのような点にあるのではないか。つまり、オモロが謡う阿摩和利は、あくまでも第二尚氏が謡った阿摩和利であるということである。「勝連《かつれん》と　似《に》せて」は、阿摩和利は勝連グスクと似つかわしい意。「似《に》せて」は本例のみだが、類似した表現に第十九―一三二〇に「聞《きこ》ゑ玻《は》名城《なぐすく》　吾《あ》が成《な》さす　似《に》せたれ」（名高い玻名城は我が成さ〈父なる人〉こそが似つかわしいのだ）がある。

参照）。また、「夏氏由来記」や民間伝承は、酒色に溺れる茂知附《モチヅキ》按司を阿摩和利が滅ぼして勝連の城主に就いたとするが、オモロにでる「望月《もちづき》」は神女である。これも、伝承とオモロの内容とが異なる。

*二 「たまみしやく」は「みしやく」の「聞書」に「御酒之事」、『混効験集』は「おむしやく」に「御神酒の事也　むしやくみき共云」とある。「方言」では「ウンサク　甘酒」というが、「みしやく」の用例は動詞〈貫く〉や〈差す〉に繋がる用例が多い。また、対語との関係から今のところ「御柄杓《みしやく》」と理解しておくが、なお検討を要する話である。

参考文献

伊波普猷「阿摩和利考」『伊波普猷全集』第一巻、平凡社、一九七四年刊所収。

〔19〕〈「屋良座大司《やらざづかさ》／屋良座若司《やらざわかづかさ》」―町方「那覇《なは》」に繋がる地方オモロ―〉

第二十一―一三七一

さはちへきよがふし
一屋良座大司《やらざづかさ》
吾《あ》がころよ　見守《まぶ》て
神楽《かぐら》ぎやで　鳴響《とよ》で
又屋良座若司《やらざわかづかさ》
又精軍《せいくさ》　押《お》し発《た》てば
又は丶ら　押《お》し発《た》てば

一屋良座杜の大司
〔吾が兵を守護して
天上まで轟いて〕
又屋良座杜の若司
又霊力ある軍勢が迎え討てば
又はら（兵隊の美称語か）が迎え討てば

【鑑賞】本歌は、編纂が早い第二の中城越来のオモロと離島である第二十一（第十一）久米島のオモロを除くと、第十五から始まり第二十まで続く沖縄本島の「地方オモロ」の最後に位置するオモロといえる。そのオモロは、「屋《や》良《ら》座《ざ》大司《づかさ》」が那覇の港を防備するために結集した人々（「吾《あ》がころ」）を守護するというウタである。

「屋良座大司《やらざづかさ》／屋良座若司《やらざわかづかさ》」は、『辞典』では「中頭郡北谷村屋良にある屋良座嶽の神女」、岩波文庫本では「島尻郡大里村大城の屋良座嶽の神女」とする。しかし、いずれも誤りである。『由来記』では、「北谷間切屋良村」（現在の北谷町）には「屋良座嶽」は確認できない。また、[*1]「大里間切大城村」（現在の南城市）に「城内ノヤラザ嶽」があるが、本歌は沖縄本島南部の西部海岸地域を謡う「米須《こめす》おもろ」に属する。沖縄本島南部の中央部を謡う「島中《なか》おもろ」（第十八）に属する「大里間切」とは、巻が異なる。[*2]本歌の「屋良座《やらざ》」とは、「小禄間切儀間村」にある「ヤラザ森」「ヤヘザ森」のことである。『由来記』には「右両所、左ヲ、ヤラザ森、右ヲ、ヤヘザ森トテ、石ヲ崇ケルナリ。建立ノ儀、見二碑文一也」とある。碑文《ひぶん》は尚《しょう》清王《せいおう》が建てた「屋良座森《やらざもり》ぐすく」（一五五四年）の碑文のことで、王府が外敵の侵入に備《そな》えて那覇港の入り口にグスクを築いた時に建てた碑文である。碑文（『金石文』）には「国のようしとまりのかくこのためにやらさもりのほかにくすくつませて」（国の備え那覇港の守護ために屋良座杜の外側に石を積ませて）とある。[*3]実は、第十三—七六三はこの碑文をオモロにしたものである。続いて碑文は、外敵が攻めて来たならば「ミはんの御ま人一はんのせいやしより御城の御まふ

*1　『辞典』の注は、第十五—一一一二に「屋良座嶽《やらざだけ》」が謡われていることが根拠か。

*2　「大里間切大城村」のオモロは、大城グスクを謡ったオモロとして第十八に少なくとも三首（一二五三〜一二五五）ある。

*3　王府は、この時期に那覇港入り口の両岸にグスクを築き外敵の侵入に備えた。そのひとつが屋良座杜グスクであり、もうひとつが三重グスクである。三重グスクは、「方言」で「ミーグシク」であり新しいグスクの意といわれている（「ミーサン　新しい」）。

り一はんのせいやなはのはん一はんのせい又はゑはらしまおそい大さとちへねんさしきしもしましりきやめのせいやかきのはなちやらさもりくすくによりそふてミおやたいりおかむ」（三番の御真人のうち、一番の勢（御真人）は首里城の守り、次の一番の勢（御真人）は那覇の番、その次の一番の勢（御真人）と南風原、島襲い大里、知念佐敷、下島尻までの勢は垣の花地屋良座杜グスクに集まって御奉公申し上げる）と記されている。この「御真人《おまひと》」とは、引《ひき》といわれる官人《かんじん》組織《そしき》にある人々（近世期の士族に繋がる）と考えられ、沖縄本島南部から集められる人々は近世期の百姓に繋がる地方の村役人層だと思われる。屋良座杜グスクは、いわば外敵襲来時の最前線であり多くの人員によって守る必要があったと考えられる。興味深いのは、碑文が記す南風原《はえばる》、島《しま》襲《おそ》い大里《おおさと》は主に第十八の「島中《なか》おもろ」、知念佐敷は主に第十九の「知念佐《ちゑねんさ》敷《しき》玻《は》名城《なぐすく》おもろ」、下島尻《しもしまじり》が主に本歌の属する第二十「米須《こめす》おもろ」が謡う区域にそれぞれ重なることである。つまり、碑文と地方オモロの地域区分とは記述の順序も含めてほぼ重なるのである。これは、「屋良座森《やらざもり》ぐすくの碑」から三十二年前に建てられた

「真珠湊碑文」（一五二二年）でも同じで、「真珠湊碑文」には豊見城《とみぐすく》グスクと樋川（落平《うていんだ》）の水の確保のために、一番の里主部《さとぬしべ》、赤頭部《あくかべ》と南風原島襲い大里、知念佐敷の者は真玉橋《まだんばし》を渡り、下島尻の者と合流して垣《かき》の花《はな》に結集することが記されている。*4

さらに、注目すべきことは、本歌が実質的に第二十の最後に位置する点である。本歌は、その後に一三七二・一三七三が続くが、この二首は第八―四三七・四三八と重複《ちょうふく》するオモロで、本歌の後に付けられたオモロであると考えられる。それは、この二首が「大里《ざと》」（大里グスク＝島尻大里）を謡ったオモロであり、当初から第二十に位置していれば「大里《ざと》」を謡った第二十―一三五五〜一三六三の前後に位置するはずである。この二首は「阿嘉《あか》の子《こ》」を謡ったオモロで第八にあったが、「大里《ざと》」を謡っている故に第二十のオモロとしても採られたと推察される。また、第二十はこの二首に続いて、一三七四から「首里大君ぎやおもろ御双紙《さうし》」として一三八〇まで七首のオモロがあるが、これは第六の「首里大君精《せ》ん君君《きみ》加那《がな》志百年踏《しもゝとふ》み揚《あ》がり君《きみ》の頂《つんじ》のおもろ御双紙《さうし》」の冒頭七首と重複しており、巻の表

*4 「屋良座森《やらざもり》ぐすくの碑」の「御真《おま》人《ひと》」は、「真珠湊碑文」の「里主部《さとぬしべ》、赤頭部《あくかべ》」に当たることが具体的に分かる。

題から第六にあるのが本来の姿である。さらに第二十はこの七首に続いて、一三八一〜一三九三まで十三首「玻《は》名城《なぐすく》」のオモロがあるが、これも第十九「知念《ちゑねん》佐敷《さしき》玻《は》名城《なぐすく》おもろ」のうちの「玻《は》名城《なぐすく》」のオモロと重複しており、これも巻の表題から第十九にあるのが本来である。つまりは、本歌が第二十の最後に位置するオモロである。

屋良座杜があった「小禄間切」は現在の那覇市に属するが、一九五四年に那覇市に合併《がっぺい》されるまでは小禄村《おろくそん》であった。当然、「小禄間切」の記事は、『由来記』にあっては巻八の「那覇由来記」にはなく、地方の祭祀《さいし》を扱った巻十二から始まる「各所祭祀」の中にある。しかし、『由来記』巻八「那覇由来記」の記事に屋良座杜グスクと関連した「屋良佐森ノ沖ニクサリ瀬ノ事」という記事がある。『おもろさうし』にあっても本歌が地方オモロである第二十にあるのは当然であるが、第二十―一三五四に「一真壁《まかび》　おわる　根《ね》国　おわる　世《よ》の主《ぬし》（途中省略）又那覇港《なはみなと》　橋《はし》　渡《わた》ちへ　道《みちへ》　渡《わた》ちへ　又那覇《なは》　渡《わた》て　いなそ嶺《みね》　淀《よど》しよわ」（一真壁におられる根国におられる世の主は（途中省略）又那覇港に橋を渡して道を渡して又那覇に渡っていなそ嶺に留まって）がある。「真壁《まかび》」は、真嘉比《まかび》（真壁）間切《まぎり》の主邑《しゆゆう》「まかひ村」（真壁村、現在の糸満市）で、このオモロは第二十が「那覇《なは》」と繋がる巻であることを示す。つまり、第二十は「那覇《なは》」を介すかたちをとって、離島の「地方オモロ」ともいえる第二十一の久米島のオモロに繋がっていくのである。その第二十の最後に位置している本歌の屋良座杜は、さらに町方《まちかた》「那覇《なは》」に接した場所だといえる。すなわち、本歌が第二十の最後にあるというのは、碑文にあるようにここが外敵襲来時《がいてきしゆうらいじ》に地方から人々が結集する場所であり、「吾《あ》がころ」「精軍《せいくさ》／はゝら」とは、外敵襲来時に屋良座杜グスクに結集する三番の「御真人《おまひと》」の一番と、南風原、島襲い大里（第十八）、知念佐敷（第十九）、下島尻（第二十）から駆けつけた人々であると理解される。

「屋良座大司《やらざづかさ》／屋良座若司《やらざわかづかさ》」は、前述したように「小禄間切儀間村」にある「ヤラザ森」「ヤヘザ森」の神、もしくはそこを管轄《かんかつ》する神女のこと。『由来記』では「儀間村」は儀間《ぎま》ノロの管轄である。「大司《づかさ》／若司《わかづかさ》」は儀間ノロのことだと思われるが、「大司《づかさ》」の

＊5　なお、「吾《あ》が」と「我《わ》が」に共通してある用例は、第十六―一一五五「吾《あ》が弟者《おとぢや》」等、第十七―一一八一「我《わ》が弟者《おとぢや》」のみである。また、「吾《あ》が」の用例には〈人〉に続かない第

用例は本例のみ。「司《つかさ》」の用例は久高島《くだかじま》の神女（ノロ）と思われる第十三―八五四「蒲葵杜司《こばおもりづかさ》」等の用例があり、ノロであるとしても特別な地位にあったと思われる。「若司《わかづかさ》」は他に一例（第二―八二）用例がある。「吾《あ》がころ」の「吾《あ》が」は、「吾《あ》が」「吾《あん》」の「聞書」や『混効験集』に「我」「我か」等とある。一方「我《わん》」にも「我也」という注があり、『辞典』は「「あ」「あん」は「わ」「わん」より古い語である」とする。しかし、「吾《あ》が」は第四―二〇三「吾《あ》がかい撫《な》で按司襲《あぢおそ》い」等、ほとんどが本例のように人に続く用例であり、しかもヲナリ神の立場に立つ「吾《あ》が」である。一方の「我《わ》が」は「我《わ》が親国《おやくに》」等、土地に続く用例で「我《わ》が」は一般的な立場にある〈我〉のニュアンスが強い。「吾《あん》」「我《わん》」の用例も含めて両者の用例に重なりがなく、単純に両者を新旧の違いだとはいえそうにない。*5「ころ」は「聞書」に「男也」等とあり、男の美称語《びしょうご》。「大ころ」「真《ま》ころ」に対して身分が低い男性をいう語だと思われる（〈03〉参照）。「見守《みまぶ》て」は、これに係助詞〈す〉が付いた「見守《みまぶ》てす」の用例を含めて、神女が国王を含めた男性を〈見守る〉とする用例にな

十六―一一五七「吾《あ》が鼓《つゞみ》」、第十五―一一〇八「吾《あ》が拍子《ひやし》」があるが、特に「鼓《つゞみ》」は第二―八二「鳴《な》り加那志《がなし》」（「加那志《かなし》」は神や人に接続する敬称語）等の美称語があり、神格（人格）的に捉えられる用例を持つ。このことから、これらは「吾《あ》が」が接続する語の用例と矛盾しない。現在方言では「我《わん》」「我《わ》が」が優勢だが（中本正智『図説琉球語辞典』力富書房金鶏社、一九八一年刊）、オモロの用例からみると「吾《あ》が」「吾《あん》」と「我《わ》が」「我《わん》」との違いは、語の新旧の違いではなくそれぞれの語が固有に持つ用法にかかわる可能性がある。

*6 高橋恵子『沖縄の御願ことば辞典』ボーダーインク、一九九八年刊。

*7 この外「おぼつ」や「神楽《かぐら》」が地方オモロにでるのは、久米島のオモロである第二十一（第十一）である。久米島は王府にとって特殊な位置にあり、久米島の最高神女、君南風を中心に中央の王権儀礼が行われ

っている。『沖縄の御願ことば辞典』[*6]には「ミーマンジュン（見守る）　神仏が見守ること」とある。「神楽《かぐら》ぎやで　鳴響《とよ》で」は、「屋《や》良座《らざ》大司《づかさ》／屋良座若司《やらざわかづかさ》」が「吾《あ》がころ」を〈見守る〉ことが、天上まで届き天上の神々が感応《かんのう》している意。「神楽《かぐら》」は『混効験集』に「おほつかくら」として「天上の事を云」、「聞書」に「空也」等とある。「ぎやで」は〈まで〉を意味する副助詞。オモロには同じ意味の語に「ぎやめ」「がめ」がある。「おぼつ」や「神楽《かぐら》」は、中央（首里）の祭祀を謡う神女オモロを中心に用例がある語だが、本歌は例外的な用例である。本歌が地方オモロでありながら、この用例を持つのはここが王府の要衝《ようしょう》であるからである。[*7]「精軍《せいくさ》　押《お》し発《た》てば／又はゝら　押《お》し発《た》てば」は、王府が軍勢をさしむける意であるが（〔01〕参照）、碑文の内容から外敵を迎え討つ意である。「精《せ》軍《いくさ》」の対語「はゝら」は、「聞書」に「いくさなり」とある。兵隊の美称語か。[*8]

ていると考えられる（〔20〕参照）。もう一例、第十九―一三二二（第二十―一三八五）に「神楽《かぐら》のけおの内《うち》」がある。

＊8　「はら〳〵」、「はうら」、「はから」、「はらら」も表記が異なるが、同語であると思われる。語義は、不詳である。『宮古島旧記』に収録されている「同人（仲宗根豊見親）八重山入の時あやこ」（『南島歌謡大成Ⅲ宮古篇』）に「いくさはな　ほあらはなよ　いらへ」（軍の端ほあら端を選び）がある。「ほあら」も同語だろう。

参考文献
高良倉吉『琉球王国の構造』吉川弘文館、一九八七年刊。拙論「『琉球国由来記』の世界認識」『文学』季刊第九巻三号、岩波書店、一九九八年刊、「『琉球国由来記』を読む　『那覇由来記』との比較から」『解釈と鑑賞』第七十一巻十号、至文堂、二〇〇六年刊。

〔20〕〈「綾庭《あやみや》の　珍《めづ》らしや」―高級神女、君南風の招来―〉
第二十一―一四一一（重複、第十一―五五九）

くめのきみはゑがふし

一おぼつ　居《お》て　見《み》れば
一おぼつに居て見ると

ざりよこ　為《し》ちへ　見《み》れば
高所から臨み見ると

綾《あや》庭《みや》の　珍《めづ》らしや
（仲地綾庭は清浄な美しさだ）

又仲《なか》地《ち》綾《あや》庭《みや》に　ゑんげらへ　有《あ》りる
又仲地綾庭にゑんげらへ（神座か）が有るぞ

又仲《なか》地《ち》奇《く》せ庭《みや》に　むかげらゑ　有《あ》りる
又仲地奇せ庭にむかげらへ（神座か）が有るぞ

又真《ま》鳴《と》響《よ》たが　使《つか》いしよ
又真鳴響たの招待こそで

久《く》米《め》の島《しま》　おわちやれ
（君南風は）久米島にいらしたのだ

又吾《あ》がころが　使《つか》いしよ
又吾がころの招待こそで

成《な》さが島《しま》　おわちやれ
（君南風は）父なる島にいらしたのだ

又うきおほぢが世やてや
又始原の世であるから

百《もゝ》甕《かめ》む　据《す》へまし
又綾《あや》庭《みや》の大ころ
あまこ　合《あ》わちへ　戻《もど》らめ
又綾《あや》庭《みや》のころ〳〵
御《み》顔《かを》　合《あ》わちへ　戻《もど》らめ

多くの神酒甕を据えたい
又綾庭の大ころは
（君南風と）あまこを合わせて戻ろう
又綾庭のころ達は
（君南風と）御顔を合わせて戻ろう

【鑑賞】本歌には、久米島の最高神女、君南風の名はでないが、「ふし名」や「綾《あや》庭《みや》」等の用例から君南風の久米島招来を謡ったオモロに間違いない。久米島は中国往還の要衝にある島、宮古八重山の入り口に位置する島で、航海守護神としての君南風の役割は重要であった。その君南風の始祖の渡来神話を謡ったのが本歌である。

「おぼつ」の対句《ついく》は「神座《かぐら》」で、「聞書」に「空也」、『混効験集』には「おぼつかぐら」として「天上の事を云ふ」とある。「おぼつ」の用例は六十例余りあるが、多くが高級神女《こうきゆうしんによ》、君々のオモロとそれに準じた第七や第十二にでる。用例に「又おぼつより　帰《かゑ》て　けよの内《うち》に　戻《もど》て」（第三—九一）があるように、「おぼつ」は首里城内の聖地〈けおの内〉に繋がった高級神女、君々が赴《おもむ》くことができる想念世界であると考えられる。したがって、地方オモロに「おぼつ」の用例はでないが、久米島《くめじま》のオモロだけは例外で十二例（重複、混入部の用例を除くと実質五首のオモロにでる）の用例がある。*1本歌もそのひとつであるが、用例をみるとすべて、君南風《きみはえ》を謡ったオモロか、本歌のように君南風殿内（久米島町仲地《なかち》にある君南風が住む屋敷）の神庭である「仲地《なかち》綾庭《あやみや》」が謡われたオモロにでる。本歌のふし名は「くめのきみはゑがふし」であり、オモロの内容は君南風を迎えるウタだと考えられる。すなわち、地方オモロである久米島のオモロに首里城内の聖地〈けおの内〉に繋がった〈おぼつ〉が謡われるのは、本歌が高級神女三十三君の末端に位置する久米島の最高神女、君南風*2を迎えての儀礼、それも中央の王府儀礼《おうふぎれい》を模した王権儀礼を久米島で行ったことを謡っているからだと考えられる。語の説明が前後するが、本歌の末尾二節は、神女オモロである第三―一一二「又按司襲《あぢおそ》いと　行《よ》き合《や》て　あまこ　合《あ》わちへ　遊《あす》で　又王《わう》にせと　行《よ》き合《や》て　御顔《みかう》　合《あ》わちへ　遊《あす》で」と類似する表現である。一一二は、聞得《きこえ》大君《おおぎみ》と国王（「按司襲《あぢおそ》い」）とが「あまこ　合《あ》わちへ／御顔《みかう》　合《あ》わちへ」（「相互に目とめを見合対面する事なり」という「聞書」が付く）

*1　用例に第二十の「米須オモロ」に出所する一例があるが、これは第六と重複するオモロであり、本来この巻にあるものではない。また、「おぶつ」の用例が第二十一―一四〇一にある。これには、君南風や「仲《なか》地綾庭《ちあやみや》」が謡われていない。

*2　『女官御双紙』下巻「三十三君の事」（『神道大系』）によれば、君南風は三十三君（高級神女）の最後に位置する君で、しかも、神話上、唯一王族と血が繋がっていない君である。

という儀礼的な行為を行う神遊《かみあそ》びをして、聞得大君が国王に霊的力を付与することが謡われている。本歌では、これが君南風殿内《どうんち》の神庭である「仲地綾庭《なかちあやみや》」で君南風と久米島の上級役人等「大ころ／ころ〵」とが儀礼的交感《こうかん》をして、君南風が彼らに霊力《れいりよく》を付与することが謡われている。本歌は、首里城内の聖地〈けおの内〉での王権儀礼を君南風殿内の「仲地綾庭《なかちあやみや》」で行った、「地方」で行われた王権儀礼を謡ったオモロとして理解できるウタである。それが行われるのは、君南風が高級神女三十三君の末端に位置する神女であるからである。それは、久米島が中国渡航の海路にあたる要衝であり、また宮古・八重山への入り口にあたる島だからである。〔01〕で君南風が王府の八重山侵攻に登場するのは、君南風が宮古・八重山への航海神《こうかいしん》であるからである。

「ざりよこ」は、『混効験集』に「ざりゆくしちみよれば」として「返しの詞。高所より下を臨見る心也」とある。対句は「おさん」で、『混効験集』の「おさんしちみよれば」に「見下ろして見たまえば」と注が付く。また、「聞書」にも「遠々とみおるして也」等の注がある。反復部の「綾庭《あやみや》の　珍《めづ》らしや」は、君南風が「おぼつ」という異界《いかい》から自らが降りるべき「綾庭《あやみや》」を臨《のぞ》み見た表現である。「珍《めづ》らしや」は『混効験集』に「珍敷、勿論也。所によりて床敷（行きたい）と云心にも通ひり」とある。『辞典』も「美しさ。目新しさ。みごとさ。美しいこと」とある。[*3] 第七—三六一に「一聞《きこ》ゑ差笠《さすかさ》が　神座《かぐら》より　帰《かゑ》て　首里杜《しよりもり》　珍《めづ》らしや／又鳴響《とよ》む差笠《さすかさ》が　おぼつより　帰《かゑ》て　真玉杜《まだまもり》　珍《めづ》らしや」という用例がある。これも、異界「神座《かぐら》／おぼつ」に身を置いた神女、差笠の眼差《まなざ》しと考えてよい。[*4]「珍《めづ》らしや」は、異界に赴き霊力を更新《こうしん》した神女が、清め整えられた祭場を神女が新たな眼差しをもって捉《とら》えた表現である。しかし、本歌の「おぼつ　居《お》て　見《み》れば」は、そこに君南風の首里からの渡来神話《とらいしんわ》が重ねられている。『君南風由来并位階且公事』（『神道大系』）には、君南風の始祖は三姉妹であり姉は首里弁ヶ嶽《べんがたけ》におり、妹二人は久米島に渡り姉の方は東嶽に妹は西嶽に住んだとある。一番下の西嶽に住んだ神が君南風の始祖であるが、初期の君南風が記されている「和州氏家譜系図」には「和州氏元祖君南風」は首里育

＊3　恵原義盛『奄美の方言さんぽⅠ』海風社、一九八七年刊の「メイジラサ」の項に老人達が正月の挨拶に「メイジラサン　ショウグヮチ　ダリヲッカ」という言葉を交わす事例が紹介されている。「珍《めづ》らしや」は、新たになった美しさをいう語であると考えられる。

＊4　関根賢司「鳥瞰幻想」（『おもろさうし精華抄』）。

ちであることが記されている。*5 この君南風が初代の君南風であるか不明だが、神話上は君である君南風は首里より渡島《ととう》した神女であった。これが本歌の「おぼつ　居《お》て　見《み》れば／ざりよこ　為《し》ちへ　見《み》れば」であり、「久米《くめ》の島《しま》　おわちやれ」という表現である。「真鳴《まと》響《よ》た／吾《あ》がころ」は、迎える側の代表、久米島の按司《あじ》もしくは、在地の有力者をいうか。第十一―五六四（第二十一―一四一六）でも君南風の先頭に立って具志川《ぐしかわ》グスクに案内している。第十一―六二五の後半も本歌と類似する表現がでるが、六二五のふし名は「おもとたけつかさこがふし」（「おもとたけ」は八重山にあるオモト岳のこと）である。『君南風由来并位階且公事』に記される久米島に来島《らいとう》した君南風の姉は、その後、さらに八重山《やえやま》に渡ることになるが、ふし名からすると六二五はその姉神《あねがみ》が久米島に来島したことを謡ったオモロであるか。久米島において、君南風の渡来を謡う神話的なオモロや君南風の「八重山征伐」にかかわるオモロ（〈01〉参照）を謡い、君南風を称《たた》える儀礼の場があったと考えられる。「ゑんげらへ／むかげらへ」は分からない語だが、祭場に設《しつら》えられた神を迎える臨時の

*5　沖縄久米島調査委員会『沖縄久米島　資料篇』弘文堂、一九八三年刊。

建物か、あるいは神が坐《すわ》る座をいうか。

「うきおほぢが世」は、始原《しげん》の世という意か。「うきおほち」（「おきおほち」）は「祖父」等の「聞書」が付く語だが、祖父を意味する語は「ウプイヤ系」「アジ系」「シュー系」「タンメー系」と分類され（中本正智『図説琉球語辞典』金鶏社、一九八一年刊）、「うきおほち」は現在の方言に繋がらない。しかも、この語は久米島関連のオモロにしかでなく、特異である。ただ、粟国島《あぐにじま》の神歌「キートーマー」（『歌謡大成　沖縄篇上』）等に「ゆなぐしくうちふぢー」（与那城大祖父）がでる。語としては、「うきおほち」は「うちふぢー」と関係しよう。対句は「うきはわ」、「祖母」等の「聞書」が付く。対句から見て、「うきおほち」は「うき」と「おほち」と分けられ「おほち」は祖父（語義は大父）を意味する語だと思われるが、『おもろさうし』の表記は〈大〉を意味する「おほ」の表現は一貫して漢字「大」であり、この語が唯一の例外になる。「うき」（「おき」）も語義不明である。用例は、第十一―五六五「新垣《あらかき》の杜《もり》／おきおほぢぎや杜《もり》」等とでる。「新垣《あらかき》」は、現在西銘《にしめ》（旧「具志川間切」）にある小字《こあざ》だが、西銘は新垣や垣花という集落が統合されて出来た集落だという。しかも、西銘は久米島における最初の開発地であろうと推測されている（仲村昌尚『久米島の地名と民俗』刊行委員会、一九九二年刊）。「新垣《あらかき》の杜《もり》」と「おきおほぢぎや杜《もり》」とが対句になるのは、この語に時間的な古さをいう意味があるからか。そうすると、本歌の「うきおほぢが世」は第三―一〇二「あまみや世《よ》」等と対応する語であり、「うきおほち」は久米島の始祖神《しそしん》的な存在ということになる。そうだとすれば、琉球におけるもう一つの始祖神が謡われていることになる。「百甕《もゝかめ》む　据《す》へまし」は、君南風を迎えるために神酒甕《みきがめ》をたくさん準備したという意。「まし」は、仮想・願望の助動詞である。

参考文献
拙論「「地方」で謡われたオモロ、久米島オモロの特殊性」。

解説

『おもろさうし』――特に、編纂と構成を中心に――

――島村幸一

琉球王府の宮廷歌謡集である『おもろさうし』は、全二十二巻、千五百五十三首（尚家本）よりなる。『おもろさうし』の「目録」は、以下である。

第一　聞得《きこゑ》大君《ぎみ》がおもろ　首里王府の御双紙《さうし》　嘉靖十年
第二　中城越来おもろ　首里王府の御双紙《さうし》　万暦四十壱年五月廿八日
第三　聞得《きこゑ》大君加那志《がなし》おもろ御双紙《さうし》　天啓三年癸亥三月七日
第四　煽《あお》りやゑ差笠《さすかさ》のおもろ御双紙　天啓三年癸亥三月七日
第五　首里天ぎや末按司襲《すへあんじおそ》い加那志《がなし》　首里おもろ御双紙《さうし》　天啓三年癸亥三月七日
第六　首里《しより》大君精《せ》ん君君《きみ》加那志《がなし》百年《もゝと》踏《ふ》み揚《あ》がり君《きみ》の頂《つんじ》のおもろ御双紙　天啓三年癸亥三月七日
第七　首里天ぎや末按司襲《すへあんじおそ》い加那志《がなし》　南風《はひ》のおもろ御双紙《さうし》　天啓三年癸亥三月七日
第八　首里天ぎや末按司襲《すへあんじおそ》い加那志《がなし》　おもろ音揚《ねや》がり阿嘉犬子《あかいんこ》がおもろ御双紙　天啓三年癸亥三月七日

第九　首里天ぎや末按司《すへあんじ》襲《おそ》い加那志《がなし》　色色《いろ〱》のこねりおもろ御双紙《さうし》　天啓三年癸亥三月七日
第十　歩《あり》きゑとのおもろ御双紙《さうし》　天啓三年癸亥三月七日
第十一　首里ゑとおもろ御双紙《さうし》
第十二　色色《いろ〱》の遊《あす》びおもろ御双紙《さうし》　天啓三年癸亥三月七日
第十三　船ゑとのおもろ御双紙《さうし》　天啓三年癸亥三月七日
第十四　色色《いろ〱》のゑさおもろ御双紙《さうし》
第十五　首里天ぎや末按司《すへあんじ》襲《おそ》い加那志《がなし》　浦添《うらおそい》北谷《きたゝん》読谷山《よんたむざ》おもろ御双紙　天啓三年癸亥三
月七日
第十六　首里天ぎや末按司《すへあんじ》襲《おそ》い加那志《がなし》　勝連具志川おもろ御双紙《さうし》　天啓三年癸亥三月七日
第十七　恩納より上のおもろ御双紙《さうし》
第十八　首里天ぎや末按司《すへあんじ》襲《おそ》い加那志《がなし》　島《しま》中おもろ御双紙《さうし》　天啓三年癸亥三月七日
第十九　知念《ちゑねん》佐敷《さしき》玻名城《はなぐすく》おもろ御双紙《さうし》　天啓三年癸亥三月七日
第二十　米須《くめす》おもろ御双紙《さうし》　天啓三年癸亥三月七日
第二十一　久米《くめ》の二間切《まぎり》おもろ御双紙　天啓三年癸亥三月七日
第二十二　公事《みおやだいり》おもろ御双紙

「目録」が示すように、『おもろさうし』は第一の編纂《へんさん》が「嘉靖十年」（一五三一。琉球国の元号表記は中国の元号）、第二が「万暦四十壱年」（一六一三）、第三以下が「天啓三年」（一六二三）になっている。ただし、第十一、十四、十七、二十二は編纂年を記していない。

しかも、第二十二の四十六首は二首を除いて総《すべ》てが他巻と重複《ちょうふく》したオモロであり、それまでの二十一巻を前提にして成立した巻になっている。第二十二は近世琉球の王府《おうふ》の公事（儀礼）に対応した詞書きによって編纂されており、第二十二と第一から第二十一までとの関係は、二十一巻が第二十二の聖典《せいてん》としてあるような関係になっていると理解される。これを考えれば、『おもろさうし』の編纂は第三回目の「天啓三年」を中心とした三回以上にわたる編纂であると考えた方がよい。さらに、今日伝わる『おもろさうし』は、一七〇九年に王城が炎上しそれとともに『おもろさうし』が焼失したために炎上の翌年に急遽《きゅうきょ》、再編纂された双紙である。この時二本が作られ、一本は首里城に格護《かくご》された「御城本《おぐすくぼん》」（尚家本《しょうけぼん》）、もう一本はある時期から「おもろ主取《ぬしどり》家」としてオモロを担い管理した家、安仁屋《あにや》家に格護された「安仁屋本」である。安仁屋本は第二十二の最後のオモロの後に「御冠船之御時おもろ」として一首が付け加えられており、尚家本より一首多いかたちになっている。これは再編纂後に加えられたオモロである。安仁屋本には、主に語注を中心にした「聞書」、「おもろ主取家」に伝えられたと考えられるオモロにかかわる「故事」「直伝」、意味の句切りと思われる「句切り点」や濁点《だくてん》が入っている。すなわち、安仁屋本は注が入った本であり、戦前、尚家本が利用しにくかったことと相俟《あいま》って、こちらの系統の本（仲吉本等）が書写《しょしゃ》されて研究に利用された。『おもろさうし』は、二本とも沖縄戦の中で焼失したと思われていたが、尚家本は戦後、アメリカに渡っていたことが判明し関係者の努力で沖縄に返還され、現在沖縄県立博物館に所蔵されている。

　今日伝わる『おもろさうし』は、再編纂前の『おもろさうし』と同一でない可能性が考えられる。「目録」に「首里王府の御双紙《さうし》」（第一、第二）と記《しる》される巻、「首里天ぎや末按司《すへあんじ》襲《おそ》い加那志《がなし》」（第五、第七他）と記される巻、どちらも記されていない巻（第三、第四他）や前述した編纂年が記されない巻など、その体裁《ていさい》は一様ではない。また、『おもろさうし』には巻間のオモロにみられる連続する重複が相当に存在し、第二十一には巻内に錯簡《さっかん》もあり、それが第十一のオモロの多くと断続したかたちで重複している。つまり、第十一は内容としては久米島のオモロになっているが、本来は「目録」が示すように「首里ゑと」のオモロを集めた巻であったと考えられる。この外にも出所の不明な「ふし名」があること（「ふし名」は原則としてオモロの一部からとられる）やオモロの古辞書である『混効験集《こんこうけんしゅう》』に引かれるオモロと現在のオモロが一致しない点があること等があり、これらを勘案《かんあん》すると再編纂前後の『おもろさうし』は必ずしも同一ではないことが考えられる。

『おもろさうし』は、琉球国の最高神女、聞得大君《きこえおおぎみ》の巻を中心にして編纂されていると考えてよい。編纂年が最も早いかたちになっている第一と本格的な編纂年であった三回目の「天啓三年」の編纂の巻頭にある第三は、いずれも聞得大君のオモロである。それはそれぞれの巻頭に置かれた巻が、いずれも聞得大君の巻であることを意味する。最初の第一の編纂は「嘉靖十年」（一五三一）、これは琉球国の礎《いしずえ》を築いた尚真王《しょうしんおう》の後継者、尚清王《しょうせいおう》五年の年である。第一には、聞得大君が守護神となって尚真王代に行われた琉球王府の八重山侵攻が謡われている（〔01〕参照）。また、第一―四には琉球王府の奄美侵攻のオモロが入る。王府の正史『球陽』には、奄美侵攻は「尚清十一（一五三七）年」の記事にみられ、第一の編纂年と時期がずれるが、王府の奄美侵攻は第一尚氏王統の時代（「尚徳王《しょうとくおう》六（一四六六）年」

の記事）から行われており、尚真王によっても行われたと考えても不思議ではない。一方、第三には一六〇九年にあった島津侵攻を呪詛《じゅそ》するオモロが謡われている（〈03〉参照）。第三の編纂年は尚豊王《しょうほうおう》三年にあたるが、実質は島津侵攻の災禍《さいか》を蒙《こうむ》った尚寧王《しょうねいおう》の時代に編纂された巻と考えられる。すなわち、二つの聞得大君のオモロを謡《うた》った巻は、尚真王の事蹟《じせき》を謡ったオモロとそれに対置《たいち》するように置かれる尚寧王の時代の災禍を呪詛するオモロが配置されている。このことは、二つの聞得大君のオモロに一定の時代層があることを意味する。つまりは、第一は尚真王時代を中心とする聞得大君のオモロ、第三はそれ以降、あるいはそれ以外の聞得大君のオモロが収録されていると考えられる。

　二つの巻頭に置かれた巻が聞得大君のオモロであることは、『おもろさうし』の基本的なテーマがなんであるかを示している。聞得大君の初代は、尚真王の妹「音智殿茂金《おとちとのもいかね》」である。「音智殿茂金《おとちとのもいかね》」は、琉球の宗教文化の基層をなす女兄弟（ヲナリ）が男兄弟（ヱケリ）を生得的《せいとくてき》に守護する霊力《れいりょく》を有するという尚真王のヲナリ神にあたる人物である。第一と第三に続く第四、第六の神女は、国王の王族であり「君君」といわれる神女達である。これらは広くは王のヲナリ神であり、聞得大君を中心とする「君君」であるヲナリ神が国王を霊的に守護することを謡うのが、オモロの基本的なテーマである。神女が国王や按司《あじ》といわれる地方の領主を霊的に守護することを内容とするオモロは、第十二の「色色《いろく》の遊《あす》び（神遊び）」のオモロをはじめとして、広く『おもろさうし』全体に存在する。これが、『おもろさうし』の内容的な大きな特徴といってよい。一方、第八や第五の半分程のオモロ、さらには第二等の地方を謡ったオモロには歌唱者《かしょうしゃ》といわれる男性のオモロの担い手も存在する。これらも、歌唱者の立場から国王や按司、土地等を称《たた》えている。しかし、神女のオモロと歌唱者のオモロには表現の違いが存在する。これは神であることが自明である神女と言祝《ことほ》ぐ立場の歌唱者との違いが、表現に表れているのである（〔04〕〔05〕参照）。

　第一に次いで編纂が早い第二を除いて、第一から第七までのオモロは王都である首里を中心とするオモロである。それに対して、第十五から第二十一までは地方を謡ったオモロである。第十五は沖縄本島中部の西海岸地域、第十六は第二の地域に連続する沖縄本島中部の東海岸地域、第十七は沖縄本島北部の地域、第十八は沖縄本島南部の中央部地域、第十九は沖縄本島南部の東海岸地域、第二十は沖縄本島南部の西海岸地域、そして第二十一は離島の久《く》米島《めじま》のオモロである。巻の区分は間切《まぎり》という王国の行政区分を単位にしているが、間切は古琉球時代からあった地域的なまとまりであったと考えられる。『おもろさうし』の全体的な構成は、双紙の冒頭部分に中央のオモロを置き、双紙の後半に地方のオモロを置いて、最後に王府の「公事」にかかわる巻が配されている。その間に歌唱者の始祖《しそ》が謡ったオモロを集めた第八「おもろ音揚《ねや》がり阿嘉犬子《あかいんこ》がおもろ」（〔05〕参照）、踊りの手である「舞いの手」が入った第九「色色《いろく》のこねりおもろ」、巡行歌《じゅんこうか》を主とする第十「歩《あり》きゑとのおもろ」（〔06〕〔07〕参照）、種々の神事歌を主とする第十二「色色《いろく》の遊《あす》びおもろ」（〔10〕〔11〕参照）、航海歌を主とする第十三「船ゑとのおもろ」（〔12〕〜〔15〕参照）、俗謡歌《ぞくようか》が入る第十四「色色《いろく》のゑさおもろ」（〔16〕〔17〕参照）等の種々の巻を配置する構成である。地方のオモロは、大きく前半（第二と第十五〜第十七）が沖縄本島を中部（中山地域）から北部（山北地域）へ南から北を謡っていく展開、後半（第十八〜第二十）が沖縄本島南部（山南地域）を中央部から時計回りに謡っていき、最後は「町方」の那覇《なは》に接する「地方」を謡って（〔19〕参照）、離島の久米島に繋ぐ展開をする。その久米島には君である君南風《きみはえ》が在住し、王権儀礼が行われていたと推定される（〔20〕参照）。そして、久米島の先にある先島《さきしま》といわれる宮古島や八重山を謡う地方オモロは存在しない。この地域は、王国にとっては「化外《けがい》」の地だったのである。また、島津侵攻以前に王国の版図《はんと》にあった奄美諸島地域は、第十三にこの地域と王国が船で結ばれていることを謡うオモロとして入っている。ただ、奄美地域のオモロをまとめた巻がなく、奄美地域そのものを謡ったオモロが少ないのは、第三回目の編纂が島津侵攻以降であったことによるのか。

オモロが盛んに謡われ生産された時代は、聞得大君制度が確立した尚真王時代から島津侵攻期直後までの古琉球を中心とする時期であり、ほぼ百五十年程の期間である。しかも『おもろさうし』の本格的な編纂年である「天啓三年」（一六二三）は、蔡温本《さいおんほん》『中山世譜《ちゅうざんせいふ》』が「康熙之初」（康熙《こうき》は一六六二年から始まる）には「君君」が「数職」しか残っていないと記すように、国王のヲナリ神達である「君君」が急速に衰微《すいび》していく時代に入ったと考えられる。しかし、『おもろさうし』の編纂は、島津侵攻からほぼ百年経った一七〇〇年代初頭から盛んに行われた王府の編纂事業を考えれば、飛び抜けて早い時期の編纂物である。また、王城の災禍に伴う『おもろさうし』の再編纂は、わずか七、八ヶ月で行われている。これは王府の事業としては、異例の早さである。これらが意味することは、一体なにか。少なくとも、オモロは衰微しながらも古琉球期、近世琉球期を通して王府に必要だと考えられたウタだったのである。

読書案内

『おもろさうし』上下　外間守善　（岩波文庫）　二〇〇〇

『おもろさうし』のテクストとして、最も容易に入手できる本。脚注のかたちでオモロの大意や語注が記され、オモロを理解する上で便利である。ここに記された語注は、伊波普猷による戦前のオモロ研究と、仲原善忠によるそれまでの戦後のオモロ研究が集積されている。

○

『定本　おもろさうし』　外間守善・波照間永吉　角川書店　二〇〇二

本格的な『おもろさうし』のテクストである。現存する最も上位にある「御城本《おぐすくぼん》」といわれる尚家本を底本にして、「諸本との校合結果を検討して作成した校訂本文」が示されている。

○

『おもろさうし精華抄』　おもろ研究会　ひるぎ社　一九八七

仲宗根政善・池宮正治を中心としたオモロ研究会（那覇市）のメンバーによって行われたオモロを解読した書。四十四首のオモロが取り上げられ、池宮による「『おもろさうし』概説」、高橋俊三による「『おもろさうし』のことば」、池宮の「おもろ研究文献目録」も収められている。これらは、いずれも本格的なオモロ研究の基本になるもの。

○

『おもろさうし　辞典総索引』　仲原善忠・外間守善　角川書店　一九六七
オモロ語の意味と用例を知る上で、なくてはならない基本的な書である。
『琉球古語辞典　混効験集の研究』　池宮正治　第一書房　一九九五
女官言葉《にょかん》とオモロ語の古辞書として編纂された『混効験集』の研究書。語注には、著者の広い見識が溢《あふ》れており、オモロ語を深く知る上で重要な書である。

○

『南日本の民俗文化8　増補南島の古歌謡』　小野重朗　第一書房　一九九五
オモロの解読にとって重要な解読法である「分離解読法」が提唱された諸論が入る研究書である。他にオモロにみる「恋歌の発生」や「海洋文学の展開」、「オモロ歌人の性格」等、意欲的なテーマに及んだ論が収められている。
『おもろと琉歌の世界―交響する琉球文学』　嘉手苅千鶴子　森話社　二〇〇三
オモロとその周辺歌謡である琉歌やウムイ、また万葉歌との比較論を収めた書で、歌謡としてのオモロを多角的に捉える視座を与えられる本である。
『琉球の歴史と文化―「おもろさうし」の世界』　波照間永吉編　角川学芸出版　二〇〇七
琉球文学をはじめとして、考古学、歴史学、民俗学、国語学の第一線の研究者を集めたオモロにかかわる魅力的な論考を集めた書である。

【付録エッセイ】

おもろの「鼓」

池宮正治

『沖縄芸能文学論』（光文堂企画出版部　昭和五十七年八月）

「鼓」は〈筒身《つつみ》〉から出た語だと言われる。胴が円筒状になり、その両側に皮を張って作った打楽器である。すでに万葉集に、柿本人麻呂が高市皇子の死をいたんで作った挽歌に、皇子が少年の頃、壬申の乱の時の活躍を叙述したくだりで「（上略）斉《ととの》ふる　鼓《つづみ》の音は　雷《いかづ》の　声《おと》と聞くまで　吹き響《な》せる　小角《くだ》の音も　敵《あた》見たる　虎か吼《ほ》ゆると　諸人《もろひと》の　おびゆるまでに（下略）」とあり、また同じく万葉集に、「時守《ときもり》の　打ち鳴す鼓　数《よ》み見れば　時にはなりぬ　逢はなくも怪《あや》し」とあって、鼓が戦斗を鼓舞するために打ち鳴らされ、あるいは時を知らせるために打ち鳴らされたことがわかる。さてそうすれば、胴の部が細くなった、あるいはくびれたツヅミであったかどうか。たしかに正倉院所蔵のツヅミは、胴の部分が細くなったものだが、職員令で時を撃つ鼓も、こうした小さいツヅミであったかどうか、戦乱の喧噪の中で、味方の士気を高めるのに、やはりそうした小さい鼓が使われたとは考えられまい。中国で太鼓もツヅミも「鼓」であったように、上代までの日本語ではそうした打楽器の総称としてツヅミがあったのである。沖縄でもむろんテーク（太鼓）があるが、チヂン

池宮正治《いけみやまさはる》（琉球大学）
琉球大学名誉教授

（鼓）のほかに、ウーチジン（大鼓）もあり、かならずしも形状による区別はない。たとえば群馬県上武士出土の埴輪は、太鼓を紐で肩からまわして左の腰に固定させ、桴《ばち》を右手に持っている。これもツヅミと言ったはずだ。

鼓が伝来の楽器だったとしても、また大陸渡来の楽器だったにしても、それははなはだ古い時代のことであろう。なぜなら鼓は原始の楽器と言えるからだ。およそ打楽器は、身のまわりのさまざまな物を打つことによって生じる、もっとも素朴な音から出発したのである。鼓はいわばそうした打楽器の発達した形であるが、その単調さと空気を震わして伝わる音によって、人を酔わせる魔力を秘めている。シャーマンは、しばしば神がかりする呪具として鼓を打ち鳴らす。

『おもろさうし』には、「たいこ」〈太鼓〉も「かね」〈鉦〉の語もなく、絃楽器とおぼしきものもない。あるのは「つゞみ」〈鼓〉だけである。それもどういう形をしていたのか、桴を使ったかどうかもわからない。『李朝実録』世祖八（一四六二）年、尚徳王の三年に、いわゆる漂流朝鮮人の見聞によれば、王府は中国や朝鮮の使者を迎える時、「軍士は甲冑を具して出迎え（中略）傍らに従いて鼓と錚を撃」ったという。また同『実録』成宗一〇（一四七九）年の条にも、尚真王の見聞を叙して、七月一五日の盆に、「居民は男子の少壮の者を選して、或は黄金の仮面を着し、笛を吹き鼓を打ちて王宮に詣す」とある。鼓の形は朝鮮のそれと同じだったとも記してある。すでにこの頃までに鼓があったことがわかるが、朝鮮のそれに同じだというのは、朝鮮人にとってそれほど珍しいものでなかったということであって、これだけでは形を特定できるものではない。樽形の大きな太鼓だったのか、現在よく見られる胴の短いシメ太鼓か、それとも胴の細長いシメ太鼓か、あるいはすぐ皮を張り合わせたものか、そうしたことは少しもわからないのである。

さて、おもろでの鼓の所有者は、まず按司と神女である。「つゞみ」のほかに実に多くの異称がある。それは「つゞみ」がいかに大切にされたかを証しているものばかりである。

第八—四五五
いしかねのやにがふし
一あかのこに　　　　　　一阿嘉の子に
よせうち　もちゑとらちゑ　寄せ打ち（鼓）を持って取らして
よせうちしゆ　　　　　　〈寄せ打ちこそ
しまは　うちよせれ　　　島をば討ち寄せよ〉
又ねはのこに　　　　　　又饒波の子に
なりよぶ　もちゑとらちへ　鳴り呼ぶ（鼓）を持ち取らして

「よせうち」〈寄せ打ち〉「なりよぶ」〈鳴り呼ぶ〉はともに鼓の名である。それを打ち鳴らすことにより領地を強固に支配できるのである。

第二—八二
うらおそいふし

一ごゑく世のぬしの
つゞみのあぢなりがなし
ふうくに　うちよせれ
又あがる世のぬしの

一越来世の主の
（鼓の按司鳴り加那志（を打って）
報国を打ち寄せよ）
又揚がる世の主の

「つゞみのあぢ」（第十九―一三二五）「つゝみのあんじ」（第二十―一三八八）だけでも鼓をほめて言ったものだし、「鳴り加那志」はいっそう敬意を表わした言い方になっている。「ふうくに」、豊かな土地の支配を予祝しているのである。第十九―一二九五には、「島寄せる鼓の有る按司」という言い方もある。「うらのなりとよみ」〈浦の鳴り鳴響《とよ》み〉（第十三―九七〇、第十七―一一八八）は、島々浦々にまで鳴りとよむ鼓であり、「しまたるめなるし」〈島鎮《たる》め鳴《な》る物《し》〉（第十六―一一六八）も、島を鎮める呪力をもった鼓なのである。そうした鼓は、「八十《やそ》口《くち》の鳴り呼ぶ」（第十二―六七七、第十二―七二二、第十五―一一〇四）、「八十口の鳴り子《きよ》」（第十二―七〇二）と、数多く所有したほうが、それだけ効力もあったもののようである。

第二―五二
あおりやへがふし
一中ぐすくあつる
うらとよむつゞみ

一中城に在る
（浦鳴響む鼓

うちちへなりあがらせ　　　　　打って鳴り揚らせよ〕
又とよむくにあつる　　　　　　又鳴響む国に在る

浦々にまで聞える、評判の鼓、それを打ち鳴らし、土地の霊力を高め、繁栄を願うのである。第十一五一三の「こゑかずのなりきよら」〈声数の鳴り美ら〉は、さまざまの音の中でもっとも美しい音の意のようにも思えるし、あらんかぎりの大きな美しい音の鼓、さまざまの音色をもった鼓の意にも考えられる。ただし「きよら」は、耳を傾けて聞きほれると言った美意識ではあるまい。鼓の霊力を期待した美称である。「玉なるし」（第十二―六八六）の「玉」もまたしかりである。

第十二―六七七
たいらのとのゝふし
一きこゑきみとよみ　　　　　一聞ゑ君鳴響み（神女）
せだかきみとよみ　　　　　　勢高君鳴響み（神女）
うちちへ　みものきみ　　　　〔打って　見物君〕
又きたたんのみやに　　　　　又北谷の庭に
あがなさのみやに　　　　　　我が父の庭に
又たまよせがまへに　　　　　又玉寄せが前に
よりたちがまへに　　　　　　寄り立ちが前に

又もゝくちのつゞみ
八そくちのなりよぶ

又百口の鼓
八十口の鳴り呼ぶ（鼓）

神女が父祖霊を祭った神庭の、霊力の集積する穀物倉の前で、たくさんの鼓を連打して、その効力を高める。あるいは恍惚境に入って神を実感したかも知れぬ。

このように、鼓はおもろにおけるもっとも重要な楽器であり呪具であった。語義不明の「ちやくるわし」（第十六―一一五七）、「みのかは」（第十一―五七八）、「みのかわ」（第二十一―一五〇三）もまた鼓の名である。しかし、直接こうした名の出ない鼓がいかに多いことか。たとえば「もゝうらそわるひやし　うちちへ　みおやせ」〈百浦を支配する拍子を打って　奉れ〉（第二―七一）といった「ひやし」〈拍子〉を打つタイプのおもろは、そのほとんどが鼓によるものと考えられるからだ。

おもろの鼓は、按司の手に入って、領地の生命力を高め富をもたらし、支配権を強固にする権威の象徴でもあった。神女は、それでもって群舞し、祭場を踏みとどろこして発散する熱っぽいセジを按司に奉り、自らも陶酔境をさまよったのである。「あかいんこ」や「おもろねやかり」といったおもろ歌唱者も、鼓を打ち鳴らしつつ各地を巡遊し、嘉礼を付けて歩いたのであった。

今日の芸能化した鼓も、太古以来の、呪力を秘めた楽器の系譜にある。芸術芸能は何によらずそうした力を多少持っているものだが、沖縄では、ノロやツカサの神事に、まだ息づいている。そして各地のアシビ、いわゆる民俗の中に、さらに上昇して王府が涵養した「古典」芸能の中へと、すみずみにまでチジンがゆきわたっている。

チジンは強弱、高低、「間」の芸術と言えようか。空気を伝わって感得される震動波は、現代の我々の、心の奥底に眠っている原始の情念を掻き立てずにおかない。

島村幸一（しまむら・こういち）

＊1954年神奈川県生。

＊琉球大学卒、法政大学大学院修士課程修了。
博士（文学）。

＊現在　立正大学文学部教授（琉球文学）。

＊著書『『おもろさうし』と琉球文学』笠間書院、2010年。近年の論文に「琉球の説話世界ー正史にみる第一尚氏をめぐる伝承的叙述の成長ー」、「琉球孤の神歌の人称表現ー宮古島狩俣の神歌からー」、「琉球船、土佐漂着資料にみる伝承的記事をめぐってー二つの天女伝承を中心にー」等がある。

おもろさうし　　コレクション日本歌人選　056

2012年6月30日　初版第1刷発行
2024年3月31日　初版第2刷発行

著　者　島村幸一
監　修　和歌文学会

装　幀　芦澤泰偉
発行者　池田圭子

発行所　有限会社　笠間書院
東京都千代田区神田猿楽町2-2-3［〒101-0064］
電話　03-3295-1331　FAX　03-3294-0996

NDC分類 911.08

ISBN978-4-305-70656-0

印刷／製本：シナノ
（本文用紙：中性紙使用）